Kristina
Sommer

CW00728676

© privat

Kristina Dunker, 1973 in Dortmund geboren, studierte Kunstgeschichte und Archäologie in Bochum und Pisa und arbeitete als freie Journalistin. Im Alter von 17 Jahren veröffentlichte sie ihr erstes Buch. Seither hat Kristina Dunker zahlreiche Kinder- und Jugendromane verfasst und erhielt für ihre Arbeit mehrfach Preise und Stipendien. Sie lebt als freie Autorin in Castrop-Rauxel und bietet regelmäßig Lesungen, Werkstattgespräche und Schreibworkshops für Jugendliche an. Bei <u>dtv</u> pocket erschien von Kristina Dunker außerdem der Jugendroman ›Dornröschen küsst‹. Zusätzliche Informationen über die Autorin und ihre Bücher finden sich unter <u>www.kristina-dunker.de</u>.

Kristina Dunker

Sommergewitter

Roman

Deutscher Taschenbuch Verlag

Von Kristina Dunker ist außerdem bei
<u>dtv</u> junior lieferbar:
Dornröschen küsst, <u>dtv</u> pocket 78183

Originalausgabe
In neuer Rechtschreibung
Juni 2004
© 2004 Deutscher Taschenbuch Verlag GmbH & Co. KG, München
<u>www.dtvjunior.de</u>
Umschlaggestaltung: Jorge Schmidt und Tabea Dietrich
unter Verwendung eines Fotos von Jan Roeder
Lektorat: Beate Schäfer
Gesetzt aus der Garamond 11/13ʾ
Gesamtherstellung: Druckerei C. H. Beck, Nördlingen
Printed in Germany · ISBN 3-423-78197-1

Prolog

Der Kontrolleur kommt. Ruhig bleiben! Ich lehne meinen Kopf an die Scheibe, Augen geschlossen. »Noch jemand zugestiegen?« Er geht weiter. Glück gehabt.

Die Frau auf dem Sitz gegenüber sieht auf, mustert mich, gähnt. Ihre Lippen sind rot, die Zähne schlecht, die Fingernägel lackiert, aber schmutzig. Es interessiert sie nicht, dass ich schwarzfahre.

Ich blinzele nach draußen. Ein Falke rüttelt hoch über einer Wiese. Fängt er die Maus? Schon sind wir vorbei. Passieren ein paar hässliche Häuser, einen leeren Bahnhof. Rapsfelder schütten ihr giftiges Gelb in meine Augen.

Der junge Mann neben mir notiert in winziger Handschrift Worte in sein Tagebuch. Manchmal blättert er verträumt die Seiten zurück und ich kann Überschriften lesen: Mexiko, Peru. *Er hat die Welt bereist. In der abgegriffenen Kladde hat er sein Leben festgehalten, das voll ist von farbigen Bildern ferner Länder. Ich habe nichts. Ich würde ihm gern seine Vergangenheit stehlen.*

Die Klimaanlage ist zu hoch eingestellt. Mir ist kalt. An meinen bloßen Knien klebt noch Sand. Der Sand, in dem sie vielleicht gelegen hat. Wir bremsen.

Über den Häuserdächern der nächsten Stadt ragt ein Riesenrad in den Himmel. Ich steige aus. Die Kirmes ist

nicht weit vom Bahnhof entfernt. Ich renne. Seitensti-
che. Mir bricht der Schweiß aus. Hier ist das Gewitter
noch nicht angekommen. Hier herrscht noch die Schwüle
des Nachmittages.

Auf dem Platz ist es laut. Im mit blinkenden Lichter-
ketten behängten Baum versucht eine schwarze Amsel
vergeblich gegen die Musik anzusingen. Ein Mann pin-
kelt gegen den Stamm. Ein kleines Kind verliert seinen
Teddy, hebt ihn wieder auf, drückt ihn an sich. Kaugum-
mi klebt unter meinem Schuh. Geruch nach Zuckerwatte
und gebrannten Mandeln. »Jetzt mitspielen, jetzt gewin-
nen!« Ich habe immer nur Nieten gezogen. Trotzdem
mag ich Jahrmärkte, habe schon davon geträumt, einmal
auf die Angebote der Schausteller einzugehen und mit-
zureisen. Jeden Tag eine andere Stadt. Jeden Tag bunte
Lichter. Jeden Tag Geschwindigkeit, Alkohol, Rausch.

Ich steige in die Achterbahn. Schnell muss es gehn. Ich
will fliegen, stürzen, den Kopf verlieren. Vorher trinke
ich mir Mut an. Sie trank kaum, vertrug keinen Alkohol.
Ich schon. Sie mochte auch keine Kirmes. Aber an ihrem
letzten Abend ist sie auf einer gewesen.

Hoch über der Stadt, die ich nicht kenne. Angst,
Schreien, Adrenalinkick. Und noch einmal: rauf, runter,
rauf, runter. Ich trinke und fahre, bis ich abhebe. Ja, ich
will fliegen. Neben mir sitzt ein Junge mit Turnschuhen,
die aussehen, als bestünden ihre Sohlen aus tausend
blauen Sprungfedern. Raketenschuhe. Sein Grinsen ist so
blöd wie die Kappe, die er auf dem Kopf trägt. Aber die
Schuhe: geil.

Auf der Kirmes spielen sie meist ältere Hits. Damit
alle Spaß haben. Sie hatte keinen. Aber ich. Girls wanna

have fun! *Ich will mitsingen. Hänge kopfüber und die Gedanken fallen heraus. Mein Mund ist offen.*

Danach ist mir flau. Zu wenig gegessen. Macht nichts! Man kann in meiner Situation nicht an alles denken.

Ich laufe über den Platz. In der Masse bin ich sicher und unauffindbar. Die Menschen trinken und taumeln, drängeln und schubsen.

Extreme *heißt das nächste Karussell. Den Chip kann ich gerade noch bezahlen. Er ist extrem teuer. Umsonst ist nur der Tod.*

Die Gondel schießt nach oben. Der Platz neben mir ist diesmal leer. Die Abendlichter flirren um mich herum, die Amsel singt, der Sitz ist rosa und hat Löcher, der Haltebügel drückt in meinen Magen, ich rutsche fast heraus.

Wieder sause ich dem Erdboden entgegen. Senkrecht.

Die Fahrt ist zu Ende. Plötzlich. Neben mir lacht ein Liebespärchen, umarmt und küsst sich. Ich lache nicht, aber ich möchte auch umarmt und geküsst werden, scheißegal von wem.

Freitag, 12 Uhr

Der Nachmittag, an dem meine Cousine Ginie verschwand, war heiß.

Zwei Monate hatte es nicht mehr geregnet. Felder, Wiesen, Pferdekoppeln – alles war bräunlich verfärbt und knochentrocken und der Lokalsender des Münsterlands warnte vor Waldbrandgefahr. Seit Tagen hatten wir in der Schule nach der vierten Stunde hitzefrei, aber es freute sich kaum noch jemand darüber, schon um zehn kletterte das Thermometer in tropische Höhen.

Ginie und ihr Vater waren vormittags angekommen, als ich noch in der Schule war. In Berlin hatten sie bereits vor zwei Wochen Sommerferien bekommen, die meisten Bundesländer waren dieses Jahr früher dran als wir und ich fand es ungerecht, immer noch in stickigen Flachbauten sitzen und schwitzen zu müssen.

Auch wäre ich gern dabei gewesen, als meine Eltern unseren Besuch begrüßten und Ginie unser schnuckeliges backsteinrotes Häuschen zeigten. Stattdessen rutschte ich auf meinem klebrigen Plastikdrehstuhl im Biofachraum hin und her und ärgerte mich mit meiner besten Freundin Steffi über meine Mitschülerinnen, die meinten unseren braun gebrannten Biolehrer kurz vor der Notenvergabe durch hautenge und extrem weit ausgeschnittene Fummel beeindrucken zu können. Yasmin hatte sich sogar in ein lila Paillettenkleid gezwängt, kein Wunder, bei ihr ging es um die Schuljahresversetzung ...

»Leila macht geiler«, knurrte Steffi wütend. »Warum strenge ich Blöde mich eigentlich an und mache regelmäßig meine Hausaufgaben, wenn andere durch ein bisschen Wimperntusche-Auflegen und Busen-Zeigen auch zum Ziel kommen?«

»Mach dir nichts draus, Steffi. Ich finde, Yasmin sieht aus wie die Wurst in der Pelle. Eine Wurst, deren Verfallsdatum abgelaufen ist, sie ist ja schon ganz lila.«

Steffi stieß mich an und kicherte.

»Wirklich«, sagte ich, »das Kleid passt ihr überhaupt nicht, betont viel zu sehr ihre Speckröllchen. Guck mal, man kann sie richtig zählen, fünf kleine Fleischwurströllchen.«

Steffi fiel fast vom Stuhl vor Lachen. »Zeig da nicht so hin, Annika!«

»Wieso denn nicht?« Ich musste auch lachen und fing mir natürlich einen bösen Blick von Yasmin ein, aber das war mir egal. Wie viele andere Mitschüler auch hielt sie mich wegen meiner guten Noten sowieso für eine Streberin oder zumindest für einen Menschen vom andern Stern. Oft genug hatten Yasmin und die anderen mich das spüren lassen und ich war froh, dass ich wenigstens Steffi in meiner Klasse hatte. Meine Freundin hatte das gleiche Problem wie ich, sie galt auch als »extrem uncool«: schlau, still, ungepierct, ohne älteren Freund mit Auto und zu allem Unglück auch noch Nichtraucherin.

Ich sehnte mich wirklich nach den Ferien und ich

freute mich auf meine gleichaltrige Cousine Ginie. Zwar kannte ich Ginie so gut wie gar nicht, aber ich fand die Idee trotzdem toll, dass sie und mein Onkel demnächst zu uns ziehen wollten. Sie sollte den neu ausgebauten Dachboden bekommen, er die kleine Einliegerwohnung im Erdgeschoss, in der mein Opa bis zu seinem Tod im Winter gelebt hatte. Natürlich würde es enger werden in unserem Haus, aber bestimmt auch lustiger.

Zumindest hoffte ich das. Sicher konnte ich mir nicht sein. Was, wenn Ginie mich genau wie Yasmin für eine Streberin hielt? Wenn sie es genau wie Yasmin gewohnt war, von einem älteren Freund mit getuntem Auto und leistungsstarker Stereoanlage von der Schule abgeholt zu werden, während Steffi und ich brav wie zwei Landeier auf unsere Dreigang-Hollandräder stiegen?

Auf der Heimfahrt erzählte ich Steffi von meinen Hoffnungen und Ängsten. Steffi, Jonas und Rüdiger waren der Rahmen in meinem Leben. Unsere Viererfreundschaft war wie ein Glückskleeblatt, selten und wertvoll. Steffi versuchte mich sofort zu beruhigen, indem sie behauptete, meine Cousine müsse, da sie neu an unseren Ort zöge, ja erst mal froh sein, dass sie dort überhaupt jemanden kannte. Das war natürlich richtig, aber trotzdem wurde ich immer aufgeregter, je näher wir unserer Straße kamen, und als Steffi und ich uns vor dem Haus meiner Eltern verabschiedeten, hatte ich richtig Herzklopfen.

»Ach komm, Annika, jetzt tu nicht so verzagt, sie wird dich ganz sicher mögen. Wir mögen dich doch schließlich auch!«, sagte Steffi, lachte und drückte mich kurz. »Vielleicht sehen wir uns später? Ich bin auch neugierig auf die Neue!«

Sie radelte davon, ich ging langsam die Auffahrt zum Haus hinauf. Die Kletterrosen an der Hauswand blühten, die alte getigerte Katze unserer Nachbarn kam, als sie mich sah, aus ihrem Schattenversteck unter einem Busch hervor und schnurrte mir um die Beine. Ich strich ihr kurz über das Fell, atmete tief ein und betrat das Haus.

Meine Mutter hatte heute früh noch schnell einen Generalputz gemacht, ich sah es daran, dass die von ihr gemalten Bilder im Flur ausnahmsweise alle gerade an der Wand hingen. Dort, wo sich sonst ein Haufen von Schuhen knubbelte, stand eine fremde Reisetasche und auf der kleinen Kommode thronte ein großer Blumenstrauß. Der Zettelwust meines Vaters beim Telefon war verschwunden, ebenso die hitzegeschädigten Blumen, die meine Mutter vor einigen Tagen in die kühle Küche verfrachtet hatte und die dort ziemlich viel Platz wegnahmen. Das konnte nur bedeuten, dass auch meine Eltern ein bisschen nervös waren, na wenigstens etwas.

Ginie saß mit ihnen und meinem Onkel auf der Terrasse und trank Sekt. Bei der Hitze!

»Hi«, sagte ich und hob schüchtern den Arm, um zu grüßen. Meinen Onkel Paul hatte ich häufiger mal gesehen, auch Ginies Gesicht war mir noch vertraut, obwohl ich bisher, wenn ich an sie gedacht hatte, immer noch ihre kindlichen Züge vor Augen hatte. Das runde Gesicht, die großen braunen Augen. Als Kinder hatten wir einmal lange miteinander gespielt, wir hatten uns verkleidet und geschminkt. Sie hatte eine Bärin oder ein anderes wildes Tier sein wollen, daran erinnerte ich mich komischerweise und ertappte mich dabei, wie ich auf ihren Wangen nach Spuren des aufgemalten Fells suchte. Jetzt war sie natürlich sechzehn, so wie ich, unsere gemeinsamen Spiele waren eine Ewigkeit her.

»Annika, setz dich doch zu uns!«, sagte mein Vater fröhlich.

»Gleich.« Ich brauchte noch einen Moment.

»Komm her«, forderte mich auch Ginie auf und winkte.

Das war ein gutes Zeichen. Ich beruhigte mich.

»Ich spring nur schnell unter die Dusche und zieh mich um, dann bin ich da!«, rief ich, lief die Treppen hinauf, befreite mich von meinen verschwitzten Klamotten, knüllte sie zusammen, warf sie in eine Ecke meines Zimmers, hüpfte ins Bad und begann unter dem kalten Wasserstrahl laut zu singen.

In diesem Moment war ich erleichtert, glücklich. Ich war davon überzeugt, dass Ginie und ich uns schnell aneinander gewöhnen würden. Wahrscheinlich würden wir uns in ein paar Monaten fragen, ob sie nicht schon immer bei uns gewohnt hätte.

Ich konnte ja nicht ahnen, dass meine Aufregung bald zurückkehren würde. Und zwar viel stärker als zuvor.

Zunächst aber ließ sich alles gut an. Als ich meine nur notdürftig getrockneten Haare mit Festiger vor dem Spiegel verstrubbelte, kam ich mir schon nicht mehr ganz so landeimäßig vor, und als ich barfuß und in bequemen abgeschnittenen Jeans die Treppen hinuntersprang, klingelte passenderweise das Telefon und Jonas fragte, ob ich am Nachmittag mit der Clique zum Baggersee käme.

»Ja, gerne, und ich frag meine Cousine, ob sie auch mitkommt!« Ich flitzte auf die Terrasse, auf der meine Familie mittlerweile den Grill angezündet und den Tisch gedeckt hatte: Kartoffelsalat, Bauernsalat, Brötchen – mir lief das Wasser im Mund zusammen. Fröhlich und ohne große Einleitung fragte ich Ginie: »Hast du Lust, nach dem Essen mit mir und meinen Freunden zum Baggersee zu fahren?«

Ich dachte, das wäre ein prima Start: frisch, gut gelaunt, locker. Ich dachte, der erste Eindruck, den Ginie von mir haben wird, zählt, und der ist perfekt gelungen. Ich dachte, ich hätte die Idee des Jahrhunderts gehabt.

Wie sollte ich ahnen, was mein Vorschlag auslösen würde?

Meine Mutter riss die Augen auf und warf einen ängstlichen Blick auf meinen Onkel. Der machte ein Gesicht, als hätte ich ihm gerade verkündet, ich wolle Ginie mit zum S-Bahn-Surfen nehmen. Mein Vater räusperte sich und setzte an, um etwas zu sagen: »Annika, vielleicht kannst du heute mal ausnahmsweise nicht ...« Ich hörte nicht hin. Was interessierten mich die Erwachsenen? Ginie war wichtig. Und die guckte unentschlossen, aber nicht ablehnend.

»Ich habe doch heute noch keine Schwimmsachen dabei«, sagte sie.

»Kein Problem, du kannst einen Bikini von mir oder meiner Mutter haben! Und Handtücher sowieso!«

»Ja gut, dann ... von mir aus ...« Sie zuckte die Achseln.

»Das ist vielleicht doch keine so schlechte Idee von Annika«, sagte mein Vater laut und blickte seinen Schwager fest an. »Ginie kann Leute kennen lernen und wir können uns in Ruhe ein bisschen unterhalten.«

»Mein Gott, müssen sie denn gleich an den Baggersee fahren? Können sie nicht einfach ein Eis essen gehen?« Mein Onkel schien sehr besorgt um seine Ginie zu sein.

Das spornte mich erst recht an. Dass ich ein braves Mädchen war, würde Ginie noch früh genug bemerken. Sollte sie jetzt ruhig erst mal den Eindruck bekommen, ich sei mutig und verwegen genug, in einem See zu baden, in dem es nicht offiziell erlaubt war.

»Och, da wo wir immer baden, ist es nicht weiter gefährlich«, sagte ich. »Da stehen zwar immer noch die rostigen alten Warnschilder von wegen Kiesabbau, Spülsand, Strömungen, Lebensgefahr und so, aber da wird nicht mehr gearbeitet, da kann heute nichts mehr passieren! Da müsste man sich schon ziemlich blöd ...«

Mein Vater warf mir einen warnenden Blick zu und ich brach ab. Klar, ich wollte ein bisschen vor Ginie angeben, aber musste er mich deshalb gleich so böse ansehen?! Sonst erlaubten sie doch auch, dass ich zum Baggersee fuhr. Was hatten sie denn auf einmal?

»Also, wie auch immer, ich finde es eine tolle Idee, dass Annika und Ginie heute etwas zusammen unternehmen. Sie sollen ruhig zum See fahren«, sagte meine Mutter sehr langsam und legte einen Arm um ihren Bruder. In geschwollenem Tonfall fuhr sie fort: »Paul, ich bin überzeugt davon, dass es eine sehr gute Entscheidung von dir war, mit deiner Tochter wieder hierher zu ziehen. Und je eher sie sich hier einlebt, desto eher wirst du sehen, dass es wirklich richtig war, nach diesen vielen Jahren des Vagabundenlebens endlich nach Hause zurückzukehren.«

Ich fragte mich, ob Ginie die Entscheidung ihres Vaters auch so gut fand. Es sah ehrlich gesagt nicht ganz danach aus. Sie zog eine gezupfte Augenbraue hoch, nur die linke, in der ein silberner Piercingring mit einem rubinroten Steinchen steckte, musterte meine Mutter mit einem zweifelnden Blick, machte einen Schmollmund und sagte: »Na, hoffentlich finde ich die Entscheidung auch irgendwann mal gut! Im Moment weiß ich noch nicht, was ich hier soll.«

»Ach, Ginie-Maus, wir haben doch oft genug darüber gesprochen!« Mein Onkel verzog das Gesicht und auch ich fühlte, wie meine gute Laune einen Dämpfer bekam. Außerdem kam meine Enttäuschung wieder hoch, dass Ginie den Willkommensbrief, den ich vor einigen Wochen geschickt hatte, nicht beantwortet hatte.

»Lass mal, Paul, aller Anfang ist schwer. Aber Ginie, es wird dir bestimmt gut tun, hier in einer richtigen Familie zu leben«, sagte meine Mutter und lächelte sie an.

Meine Cousine rollte mit den Augen. »Ich steh nicht unbedingt auf Idylle.«

»Tjaa ...«, sagte meine Mutter und tauschte einen Blick mit ihrem Bruder, der nur die Achseln zuckte und meinen Vater anblickte. Aber auch der schien nicht vorzuhaben auf Ginies Kommentar zu antworten, sondern beschäftigte sich damit, einen Marienkäfer, der auf sein Hemd geflogen war, vorsichtig auf ein abgepflücktes Blatt zu lotsen.

»Und die Eltern guckten stumm auf dem ganzen Tisch herum«, murmelte ich, lachte über diesen alten Kinderreim und setzte mich dann demonstrativ neben Ginie.

Eigentlich konnte ich es ganz gut nachvollziehen, dass Ginie so abweisend war: Sie hatte sich bestimmt nicht darum gerissen, schon wieder umzuziehen und Schule und Freunde zu wechseln. Und dann auch noch aufs Land zu Onkel und Tante. So wie ich Paul einschätzte, hatte er sie sicher nicht nach ihrer Meinung gefragt. Meine Eltern hatten oft angedeutet, dass Paul mit seiner Lebensweise wenig Rücksicht auf die Bedürfnisse seiner Tochter nahm. Er hatte in den letzten Jahren als Journalist in verschiedenen Großstädten gewohnt, so dass Ginie kaum Gelegenheit gehabt hatte, sich irgendwo wirklich zu Hause zu fühlen. Zeitweise war er auch im Ausland gewesen und Ginie hatte ein Internat besucht.

Wie das wohl gewesen war? Lustig und spannend wie eine lange Klassenfahrt? Wohl kaum, aber abwechslungsreicher als mein Leben bestimmt.

Während die Erwachsenen mit nichts sagenden Bemerkungen wieder ein Gespräch in Gang brachten, betrachtete ich neugierig meine Cousine. Sie hatte von Natur aus die gleiche Haarfarbe wie ich, dunkelbraun, das wusste ich von früher. Doch im Gegensatz zu mir, die ich meine Haare stets ein bisschen blondierte, hatte sie ihre tiefschwarz gefärbt. Ihr Gesicht wirkte so für die Jahreszeit ein wenig blass, unter ihren wachen braunen Augen lagen dunkle Ringe und sie war so mager, dass ich mir neben ihr regelrecht rosig und pausbäckig vorkam.

Auch sonst schienen wir auf den ersten Blick nicht viel gemeinsam zu haben: Während ich ständig unsicher war und Angst hatte, unattraktiv zu wirken, strahlte Ginie Selbstbewusstsein aus; während ich beim Duft des Grillfleisches anfing hungrig mit Messer und Gabel zu scharren, hatte sie als Vegetarierin dafür nur ihr Augenbrauenzucken übrig, und während ich mich mit den Erwachsenen unterhielt und mit ihnen über Erlebnisse aus ihrer und meiner Kindheit lachte, sagte sie die ganze Zeit gar nichts.

Gut, ich konnte mich auch nicht mehr daran erinnern, wie mein Onkel mir als Zweijähriger eine Bademütze aufgesetzt hatte und ich wie am Spieß gebrüllt hatte, weil ich als Kleinkind Mützen hasste, oder dass ich Ginie in der Krabbelgruppe mal ein Bauklötzchen an den Kopf gedonnert hatte. Auch an ihre Mutter konnte ich mich nur schwach erinnern, sie war früh gestorben, damals waren Ginie und ich gerade vier Jahre alt gewesen. Ginie aber schien ihre gesamte Vergangenheit aus ihrem Kopf gestrichen zu haben oder sie fand es einfach albern und unter ihrer Würde, sich darüber zu amüsieren, wie ich als Achtjährige bei Opas Geburtstag unbedingt die Torte tragen wollte und sie dann prompt fallen ließ.

Trotzdem fing ich an diesem Mittag an Ginie zu mögen.

Ihr sparsames Lächeln zeigte sie nur mir. Ihre Bitte, sich einen Hund aus dem Tierheim holen und halten zu dürfen, sobald sie hier wohnte, gefiel mir. Ihr Wunsch, ich solle ihr beim Aussuchen helfen, freute mich.

Und auf meine Frage hin, an welche Rasse sie denn so

gedacht habe, sagte sie: »Einen Rottweiler oder eine Dogge. Einen, der mindestens achtzig Zentimeter Schulterhöhe hat und der uns beschützen kann, wenn wir zwei hier abends durch die Pampa zur nächsten Disco gehen.«

Ich fand das toll und konnte in dem Moment über das entsetzte Aufquieken meiner Mutter, die lieber Katzen hatte, nur grinsen.

»So ein Riesenkalb kommt mir nicht ins Haus. Höchstens ein Collie. Für so einen Kampfhund brauchst du ja schon einen Waffenschein!«

»Den brauchst du für meine Tochter auch, Katrin!«, scherzte mein Onkel und wir lachten alle, auch meine Mutter.

Die irritierenden Wölkchen am Stimmungshimmel hatten sich wieder verzogen. Alles würde gut werden!

Insgeheim hatte ich mir schon immer ein zweites Mädchen im Haus gewünscht. Jetzt malte ich mir aus, wie ich mit Ginie Kleider anprobieren, CDs tauschen und über Mitschüler lästern würde. Einen großen Hund? Discobesuche? Warum nicht?

Nach dem Essen zeigte ich ihr mein Zimmer und den Dachboden, machte ihr Vorschläge, an welche Stelle sie ihren Schreibtisch und wohin sie ihr Bett stellen könnte.

»Da fällt mir schon was ein, Annika, danke.«

»Ich meine ja nur, Ginie, wenn ich den großen Boden hier hätte, ich würde es mir supergemütlich machen! Eine Couch mit bunten Kissen, einen Teetisch, ein richtiges Zuhause.«

»Vielleicht lasse ich alles so kahl. Das sieht luftiger aus.«

Ich nickte. Natürlich. Ich war mal wieder zu überschäumend gewesen. Verlegen blickte ich auf meine nackten Füße. Eine Freundin von Yasmin hatte mich mal einen »pummeligen Muttityp« genannt. Wahrscheinlich hatte sie Recht damit.

Aber wenn wir erst mal die Dogge haben würden ...

»Wenn ich Gemütlichkeit suche, komme ich zu dir runter, hier oben lasse ich es lieber so, wie's ist. Das passt mehr zu mir.« Sie breitete die Arme aus und durchmaß das Zimmer mit ein paar Schritten. »Eine Tanzfläche wäre auch nicht schlecht. Der Holzboden ist gut dafür.«

Ich lächelte unsicher. »Steffi und ich waren letztes Jahr in der Tanzschule. Hier gehen alle hin, es gibt nichts anderes. Aber du meinst bestimmt so richtig rockig-fetziges Jazz- oder Salsa-Tanzen? Das würde ich auch gern lernen, allerdings weiß ich nicht, ob ich Talent dazu hab. Und dazu dann so einen richtigen scharfen Fummel anziehen, ein Glitzerkleid oder so ...« Irritiert über meine eigenen Worte brach ich ab und fügte schnell hinzu: »... aber das steht mir wahrscheinlich gar nicht.«

»Och, wieso nicht?« Ginie sah mich neugierig an. »Wir könnten hier tolle Partys feiern.« Sie lächelte.

»Was ... äh ... was hörst du für Musik?«, fragte ich, doch in dem Moment erklang unten die Türklingel. »Oh, meine Freunde!«, rief ich entschuldigend und lief ohne auf sie zu warten die Treppe hinunter.

Jonas, Rüdiger und Steffi waren damals mit ihren Familien gleichzeitig mit uns in die Reihenhaussiedlung gezogen. Unsere Eltern gingen zusammen kegeln und zum Kanalfest, unsere Häuser waren gleich geschnitten und ähnelten sich bis in die Einrichtung. Die einzige Ausnahme war die, dass bei ihnen im Dachgeschoss ihre älteren Geschwister wohnten, während es bei uns bisher leer gestanden hatte und nun für meine Cousine hergerichtet worden war. Meine Freunde und ich kannten uns schon seit der Krabbelgruppe, hatten so gut wie alles zusammen erlebt, als Kinder eine Bande gegründet und uns mit den Größeren aus der Nachbarschaft angelegt, mit Feuereifer auf Baustellen gespielt, jeden Sommer im Garten gezeltet und später auch die ersten Ausflüge nach Münster gemeinsam unternommen. Ich vertraute ihnen voll und ganz.

»Irgendwann werden wir bestimmt gemeinsam Hochzeit feiern, mit unseren Frauen und Männern in eine andere Neubausiedlung ziehen und dort vereint und glücklich leben, bis man uns gemeinsam beerdigt«, hatte Rüdiger irgendwann einmal überspitzt gesagt und wir hatten alle gelacht.

»Oder wir heiraten uns gegenseitig. So Leute wie Yasmin und ihre Clique passen doch gar nicht zu uns!«, hatte Steffi hinzugefügt und auch darüber hatten wir herzhaft gelacht.

Wir waren eben mit uns selbst immer ganz glücklich gewesen. Jonas hatte die verrückten Ideen und sorgte für gute Laune. Rüdiger war zurückhaltender und stiller, aber absolut zuverlässig. Steffi war ziemlich schlau und vernünftig, trotzdem nicht langweilig. Als Kind war sie es immer, die irgendwelche unheimlichen Sachen entdeckte, die wir dann gemeinsam erforschten und auskundschafteten, Jonas und Rüdiger mutig voran. Sie ging reiten und war sehr musikalisch, spielte Klavier, sang und tanzte Ballett, hatte aus Jux sogar mal versucht Jonas und Rüdiger ein paar Schritte beizubringen.

Wir vier kannten uns in- und auswendig. Ich wusste, welche Sprüche meine Freunde draufhatten und welche Berufe sie später ausüben wollten, was sie am liebsten aßen und welchen Rocksänger sie nicht ausstehen konnten. Ich fühlte mich also auch an diesem Tag wohl und sicher.

Während meine Freunde Ginie begrüßten, holte ich für sie das Mountainbike meines Vaters aus der Garage.

»Sollen wir dir den Sattel niedriger stellen?« Mein Vater und mein Onkel waren hilfsbereit zu uns gekommen, begannen an Lenker und Sattel herumzuschrauben, ließen Ginie Fahrproben machen, die sie leicht genervt über sich ergehen ließ: »Danke, ich weiß, wie man Rad fährt.«

Meine Freunde standen um uns herum, betrachteten Ginie freundlich, machten wie immer ein paar Witzchen mit meinem Vater. Er ist ein fröhlicher, offener Mann, der gerne Leute um sich hat und es liebt, Gäste zu bekochen und zu unterhalten. Eine Weile lang war er von seiner Firma aus oft auf Reisen gewesen, in Mailand, London oder Madrid, und war immer ganz begeistert zurückgekommen. Er hätte sich gern für ein paar Jahre ins Ausland versetzen lassen, aber meine Mutter war dagegen gewesen, aus Angst vor dem Neuen oder weil sie ihrem Bruder und Ginie damals schon eine feste Anlaufstelle bieten wollte. Dabei hatte Paul selbst längere Zeit nicht in Deutschland gelebt, aber meine Mutter hatte immer gesagt, sie müsse im Notfall für ihn da sein. Schade eigentlich. Yasmin war im Frühling ein paar

Monate als Austauschschülerin in Portugal gewesen und hatte danach natürlich gehörig angegeben, wie toll die Bars, die Jungs und das Meer gewesen seien. Nach Portugal hätte mein Vater mit uns bestimmt auch locker gekonnt – aber gut, dafür blieb ich immerhin in der Schule nicht sitzen.

»Na, Rüdiger«, neckte mein Vater jetzt meinen Freund, »gehst du heute mit dem Mofa auf Bärenjagd? Kannst du dich denn damit überhaupt anschleichen?«

»Was ein richtiger Indianer ist, Herr Senkel, der macht auch auf einem knatternden Mofa keinen Lärm«, sagte Jonas und lachte. Dass Rüdiger sich als Kind so sehr fürs Indianerspielen begeistert hatte, war immer noch für ein paar Scherze gut, vor allem, weil er noch heute ein richtiger Naturfreak war, der gerne mit Messer, Pfeil und Bogen herumhantierte und davon träumte, nach dem Abi eine Trekkingtour durch Kanada zu machen.

Rüdiger lächelte mit seiner besonderen Mischung aus Charme und Unsicherheit. Dann erklärte er: »Ich fahre Philipps altes Mofa nur ausnahmsweise. Mein Bruder brauchte mein Rad, er macht mit seiner Freundin einen Ausflug.«

»Ach, komm, Alter, du bist faul geworden, du weißt jetzt schon, dass du beim nächsten Dorfradrennen keine Chance gegen mich hast«, rief Jonas und schlug Rüdiger mit der Faust kumpelhaft vor den flachen Bauch, worauf der aber nur ein halb abfälliges, halb amüsiertes Lachen losließ, in das mein Vater einfiel.

»Da mach ich dies Jahr auch mit«, behauptete er, »mal gucken, ob ich euch junge Kerle nicht noch nass machen kann. Was, Katrin«, wandte er sich an meine Mutter, die mit einer Packung Schokokekse aus dem Haus trat, »ich bin gut in Form, oder?«

»Ja, ja«, sagte meine Mutter mit einem nachsichtigen Lächeln. »Du darfst es nur nicht übertreiben.« Dabei reichte sie mir die Kekse. »Esst sie, bevor sie schmelzen! Und, Annika, passt auf euch auf, versprochen?«

Ich nickte. »Passiert schon nichts, Mama. Ich versprech's.« Dann warf ich Ginie einen Blick zu. »Können wir los?«, fragte ich. Sie nickte und wir stiegen auf die Räder.

Freitag, 14 Uhr

Wir fuhren die Landstraße entlang, die Pappeln warfen ihre wohltuenden Schatten auf die Straße, die Jungs fuhren voraus, trotz der Hitze in Wettkampflaune. Jonas strengte sich an mit dem Mofa mitzuhalten, dann wechselten sie und Rüdiger fetzte auf Jonas' Rad hinter der Maschine her. Manchmal hörten wir ihr Lachen und ihre Rufe, während Steffi und ich keuchend über eine längst fällige Diät redeten. Wobei es natürlich so war, dass Steffi diese Diät nicht nötig hatte und nur ein bisschen herumkokettierte, während ich ... na ja. Ich hatte meine Figur noch nie besonders gut im Griff gehabt. Ginie schwieg, aber jedes Mal, wenn ich mich zu ihr umdrehte, lächelte sie wieder ein bisschen. Zuletzt bogen wir in die Kiefernschonung ein, hier war die Luft kühler und angenehmer, Steffi begann einen Sommerhit zu singen und ich fiel ein.

Es war nicht das erste Mal, dass wir in diesem Sommer zum Baggerloch fuhren. Bei gutem Wetter und mit etwas Fantasie konnte man sich durch den weißen Sand und das blaue Wasser schon ein bisschen wie in der Südsee fühlen. Jonas hatte sogar mal eine große, aufblasbare Plastikkokospalme mitgebracht, die aber leider irgendwann kaputtgegangen war. Der Silbersee, so wurde er genannt, war als Badesee in der Gegend sehr beliebt.

Zwar warnten überall halb verrostete Schilder vor den Gefahren, zwar gab es Zäune, die die Badegäste abhalten sollten, aber das hatte nie etwas genutzt und es kümmerte sich auch niemand mehr ernsthaft darum. Einmal, vor etlichen Jahren, war eine junge Frau im See ertrunken, aber das war lange her. Wir Freunde kannten uns aus, wir wussten, dass der fast kreisrunde, tiefblaue See, der beim Kiesabbau entstanden war und aussah wie das Einschlagsloch eines Meteoriten, extrem steile Ufer hatte. Als Nichtschwimmer hatte man dort nichts verloren. Ich fragte Ginie nicht, ob sie schwimmen konnte. Es wäre mir peinlich gewesen, eine Sechzehnjährige so etwas zu fragen.

Wir stellten die vier Räder und Rüdigers Mofa am Ende des Forstweges ab, schlossen sie mit einer Kette aneinander fest und stiegen danach durch die Zaunlücke. Unrat und Müll lagen rechts und links des Trampelpfades, benutzte Papiertaschentücher, leere Getränkedosen, Glasscherben.

Steffi erzählte den Jungs, die in der Parallelklasse waren, laut von Yasmins gewagtem Paillettenkleid und beschrieb übertrieben die angeblich gierigen Blicke des Biolehrers. Jonas meinte, das Kleid habe Yasmin gar nicht so schlecht gestanden, Steffi schnaubte, ich grübelte und Rüdiger murrte einfach, schöne Menschen hätten's überall einfacher.

Dann erreichten wir den Rand des lichten Kiefernwaldes und blickten hinunter auf den See.

»Voilà, unser Silbersee!«, sagte Steffi, machte mit der Hand eine ausladende Bewegung und lächelte Ginie an. Die schwieg, kniff die Augen zusammen, ließ den Blick schweifen: über Fliegenschwärme, die sich wenige Meter seitlich vom Weg über menschliche Hinterlassenschaften hermachten, über die mit Unrat übersäten Sandberge, die Industrieanlagen, die den Horizont säumten, den blauen, bleischweren Himmel, der nun immer dunkler und bedrohlicher zu werden schien. Wahrscheinlich würde es gegen Abend ein Wärmegewitter geben.

»Toll«, sagte sie, aber es klang eher wie: »Ach, du Scheiße.«

»Na ja.« Steffi wandte sich ab.

Die Jungs achteten nicht darauf, sondern begannen bereits die Sandböschung hinunterzusteigen.

»Besser als nichts«, verteidigte ich unseren Badeplatz knapp und stapfte demonstrativ hinter Jonas und Rüdiger her, wobei ich zu meinem Ärger nicht verhindern konnte, dass ich plötzlich alles mit dem gleichen kritischen Blick wie Ginie sah. Ja, jetzt störten sie mich auf einmal, die Berge von Müll, die trostlose Aussicht, die baumlose Mondlandschaft, die Blicke der Spanner, die mit diversen Männerzeitschriften und Fernrohr bewaffnet einsam auf ihren Handtüchern saßen, die Badehose zusammengefaltet neben sich. Ekel stieg in mir auf, der

Mayonnaisegeschmack kam mir unangenehm hoch. Dazu machte mir die Hitze zu schaffen. Ich musste mich regelrecht anstrengen weiter den Sandhang hinunterzusteigen; meine Füße sackten ein, der Sand quoll in meine Leinenschuhe und mit ihm Bonbonpapierchen und Zigarettenkippen.

»Natürlich ist das Wasser sauber«, hörte ich Steffi hinter mir sagen, »sonst dürfte man hier doch gar nicht schwimmen!«

Man darf hier ja auch nicht schwimmen, dachte ich, und fühlte mich gefrustet, als ich die Decke erreichte, die Jonas und Rüdiger am Ufer ausgebreitet hatten.

»Annika, cremst du mich ein?« Jonas hatte sein T-Shirt abgestreift, streckte mir seinen schlanken, muskulösen Rücken hin. Ich nickte automatisch, ließ mich auf die Knie fallen und nahm die Tube mit der Sonnenmilch. Rüdiger legte die Sommerhits in den CD-Player, die Bässe dröhnten durch die Mittagsstille, Jonas bewegte sich rhythmisch zur Musik.

»Hopp, hopp, mach hinne, Alter, eincremen lassen kannst du dich gleich noch«, drängelte Rüdiger, »komm ins Wasser!«

»Mann, jetzt bleib mal locker im Schlüpfer!«, antwortete Jonas und sprang dann ohne Vorwarnung auf, um Rüdiger in den See zu schubsen.

Steffi kicherte. »Jungs«, sagte sie zu Ginie, als müsse sie ihr deren Verhalten erklären, erwischte dann eine Pferdebremse auf ihrem Bein, ließ den toten Blutsauger neben die Decke fallen, schob mit dem nackten Fuß routiniert Sand darüber – »Klappe zu, Bremse tot.« –, grinste, riss die Tüte mit den mittlerweile weich gewordenen Schokokeksen auf, steckte sich einen in den Mund, leckte die Finger ab, fragte: »Kekse? Nein? Kommt ihr?«, und folgte den Jungs ins Wasser ohne auf eine Antwort von uns zu warten.

Ich blieb sitzen, sah Ginie an. Sie stand noch immer komplett angezogen ein paar Meter neben der Decke und sagte kein Wort.

»Soll ich dich auch eincremen? Wenn ich schon mal dabei bin ...« Ich hielt meine verschmierten Hände hoch. »Oder willst du erst ins Wasser?«

»Weder noch.«

»Och, komm! Sei keine Spielverderberin!«

Sie seufzte, ließ den Blick schweifen. Irgendwo an den oberen Rändern der Sandberge sah man ein Fernglas aufblitzen. Dort wartete bestimmt jemand gerade darauf, dass wir uns auszogen. Wieder hatte ich dieses ungute Gefühl. Aber Spanner und Exhibitionisten waren harmlos, das wusste jedes Kind. Und unser Baggersee *war* schön. Trotz des Drecks, trotz der Gefahren hatte ich mich hier immer wohl gefühlt. Ich sollte pfeifen auf das, was Ginie dachte!

»Wenn's denn der Sache dienlich ist.« Ginie streifte sich ihr T-Shirt über den Kopf. Darunter trug sie einen Bikini meiner Mutter, der ihr ein wenig zu groß war und mich irritierte. Sie erinnerte mich jetzt ein bisschen an meine Mutter, und als sie sich die schwarz gefärbten Haare hinters Ohr strich, war es exakt die gleiche Bewegung, die meine Mutter zu machen pflegt. Das machte sie mir auf einmal wieder vertraut und sympathisch. Plötzlich wollte ich sie auf jeden Fall glücklich machen, also bot ich ihr Kekse und Cola an und bat sie mehrfach doch wenigstens einmal einen Fuß ins Wasser zu halten, sie würde schon sehen, wie schön das sei!

»Später vielleicht.« Ginie lächelte nicht unfreundlich, aber doch immer noch unterkühlt, und da zuckte ich die Achseln und folgte meinen Freunden.

Das Wasser war sehr kalt, vielleicht, weil der See so tief ist, vielleicht, weil unsere Körper durch die Hitze so empfindlich reagierten. Ich machte kräftige Züge, schnappte nach Luft, wenn eine besonders kalte Stelle kam, tauchte auch mal, sah aber nichts als trübe Finsternis.

Steffi, Jonas und Rüdiger waren ziemlich weit draußen, ich musste mich ins Zeug legen, wenn ich sie einholen wollte. Auf halber Strecke machte ich eine Pause und drehte mich zu Ginie um. Sie saß immer noch an der gleichen Stelle auf unserer überdimensional großen Picknickdecke, die Steffis Schwestern extra für uns vier Unzertrennliche hatten anfertigen lassen. Sie war ockerfarben mit einem riesigen grünen Kleeblatt in der Mitte, das ziemlich ulkig aussah.

Ginie tat mir Leid. Sie passte dort nicht hin und wahrscheinlich wusste sie das. Zu einem Glückskleeblatt gehören nur vier Teile.

Ich tauchte noch einmal unter. War ich nur wieder zu kritisch in meiner Selbsteinschätzung oder hatte ich sie wirklich zu schnell mit zu meiner Clique geschleppt? Als sie und ich auf dem Dachboden übers Tanzen redeten, hatten wir uns doch schon richtig gut verstanden. Hatte ich sie mit meinem Baggerseevorschlag überfahren? Oder bildete ich mir das alles nur ein? Ich hatte es jedenfalls nur gut gemeint.

Als ich meine Freunde erreichte, fragten sie, warum Ginie nicht mitgekommen sei.

»Keine Lust«, murmelte ich.

»Keine Lust?«, wiederholte Jonas ungläubig. »Wie ist die denn drauf? Bei dem Wetter gibt's doch nichts Besseres!«

»Lass mal, Jonas, sie ist bestimmt ein bisschen schüchtern, sie muss ja erst mit uns warm werden«, sagte Rüdiger.

»Warm werden? Bei der Hitze?« Jonas lachte und Rüdiger, der sich veräppelt fühlte, musste ihn erst mal döppen.

»Meinst du, sie mag uns nicht?«, fragte mich Steffi. »So wie sie mich vorhin angeguckt hat ... und der See gefällt ihr ja wohl auch nicht.«

»Ach Quatsch«, widersprach ich, »das bildest du dir ein! Rüdiger hat Recht, sie muss sich erst eingewöhnen. Das wird schon.«

Steffi nickte und drehte sich auf den Rücken. »Wär ja schön ...«

Ja, das wäre es. Aber so schweigsam und desinteressiert, wie Ginie sich bei ihrer ersten Begegnung mit meiner Clique gab, hatte ich wenig Hoffnung, dass die sie sofort ins Herz schließen würde. Für fünf Personen war unsere Decke dann ja vielleicht wirklich zu klein. Und hatte Steffi nicht gesagt, Leute wie Yasmin passten nicht zu uns? Vielleicht passte auch Ginie nicht? So unähnlich schien sie Yasmin nicht zu sein ...

Um meiner Cousine zu helfen, beschloss ich ein bisschen gut Wetter und Werbung für sie zu machen und berichtete, was ich von ihr wusste. Viel war es nicht.

Meine Mutter hatte erzählt, dass sie und ihr Vater oft umgezogen waren, dass sie eine Zeit lang in ein Internat gegangen und erst im letzten Jahr zu ihrem Vater in die Berliner Wohnung gezogen sei. Sehr gut verstanden hatten sie sich angeblich nicht, Ginie, so die Worte meiner Mutter, sei oft abends lange fortgeblieben und habe schlechten Umgang gehabt. Kein Wunder, wenn der Vater immer unterwegs sei. Außerdem fehle ihr einfach die Mutter.

Mit deren Tod konnte ich natürlich ein bisschen Mitleid bei meinen Freunden wecken, auch wenn ich Rüdigers neugierige Frage nicht beantworten konnte, wann und woran genau sie denn gestorben sei. Wir hatten eigentlich nie näher darüber gesprochen.

»Wahrscheinlich Krebs«, vermutete Steffi, daran war vor einiger Zeit auch einer unserer Mitschüler gestorben.

Von Ginie wusste ich außerdem noch, dass sie besonders schön zeichnen konnte. Auch das hatte ich von meiner Mutter erfahren, die selbst in einen Kreativkurs nach dem anderen rannte. Persönliche Eindrücke von meiner Cousine hatte ich so gut wie keine. Wir hatten uns einfach viel zu selten gesehen.

»Das ist ja schlimm, so früh die Mutter zu verlieren«, sagte Steffi.

»Und dann auch noch ständig umziehen zu müssen!«, mischte sich Jonas ein. »Dein Onkel hätte von vornherein hierher ziehen sollen. Oder zumindest dafür sorgen, dass Ginie hier mit dir aufwachsen konnte.«

»Genau!«, rief Steffi. »Warum sind sie nicht schon früher gekommen?«

»Weiß nicht. Vielleicht haben sie sich gestritten. Meine Eltern waren eine Zeit lang nicht gut auf ihn zu sprechen. Wieso, haben sie mir nicht gesagt. Ist ja auch egal.«

Wir waren nicht die Einzigen im Wasser. Flüchtig begrüßten wir ein paar Schüler aus der Oberstufe und hielten ein kurzes Schwätzchen mit Steffis ältester Schwester Alexa und ihrem Freund Florian.

Alexa war zweiundzwanzig und studierte in Münster Wirtschaftsmathematik. Obwohl sie uns öfter mal einen Gefallen tat und uns zum Beispiel mit ihrem Auto in die Stadt mitnahm, mochte ich sie lange nicht so gern wie Steffi und die mittlere Schwester Svenja. Vielleicht lag es an ihrer lauten Stimme und der Art, wie sie Steffi herumkommandierte. Als sie zu uns stieß, aalte sie sich auf einer Luftmatratze, die Florian vor sich herschob. Sie erzählte, dass sie Ginie allein bei unseren Sachen gesehen habe: »Ich hab sie natürlich gleich angesprochen. Ich konnte ja nicht wissen, dass sie zu euch gehört. Das ist also deine Cousine, Annika? Und ich hab schon befürchtet, sie will euch beklauen! Man weiß ja nie, was für Leute sich hier rumtreiben.«

Ich sagte nichts. Alexa hatte natürlich Recht, aber es passte mir nicht, dass sie Ginie gleich als vermeintliche Diebin abgestempelt und angesprochen hatte.

»Wie heißt denn die süße Maus?«, fragte Florian und bekam einen kräftigen Knuff von Alexa und einen bösen Blick von Steffi.

»Ginie«, sagte Rüdiger knapp, »und du brauchst sie gar nicht erst süß finden, du hast ja schon deine Alexa.«

»Ist ja gut!«, rief Florian und schlang die Arme um

seine Freundin. »Wirklich süß ist sowieso nur meine herzallerliebste Lexi!«

»Ich kann ihn nicht ab«, knurrte Rüdiger mir zu, als wir weiterschwammen. »Herzallerliebste, Schatzi, Mausi, Lexi – mir geht dieses falsche Getue auf den Keks!«

Ich grinste. »Wie wirst du deine Freundin denn mal nennen, wenn du's besonders lieb meinst?«

»Ich? Ich krieg sowieso nie eine Freundin ...«, sagte er überraschend bitter, doch dann besann er sich und rief: »Jedenfalls bestimmt nicht Schaaatzi!«, zog eine Grimasse, spritzte mir Wasser ins Gesicht und tauchte, bevor ich zurückschlagen konnte, schnell unter.

Langsam kehrten wir zum Ufer zurück.

Ginie saß noch immer an der gleichen Stelle auf der Decke, malte mit den Fingern Linien in den Sand und hob den Kopf, als wir zu ihr kamen. »Na, war's schön?«, fragte sie uns zur Begrüßung und das wertete ich positiv – endlich mal ein Satz, den sie von sich aus sagte.

»Und wie!« Jonas ließ sich neben sie plumpsen, schüttelte wie ein Hund seine nassen Haare aus und lachte, als meine Cousine aufsprang.

»Du solltest auch mal reingehen! Das tut gut!«

»Das mach ich gleich schon noch«, sagte sie und ließ sich dann von Jonas über die Gefahren und Gerüchte aufklären, die es über das Baggerloch gab. Na, immerhin unterhielt sie sich, und wenn Jonas erst mal anfing jemanden in ein Gespräch zu verwickeln, dann musste man einfach auftauen.

Jonas hatte eine Gabe, auf alle Menschen einzugehen, er fand einfach immer den richtigen Ton, wenn er mit Leuten redete. Er war witzig und locker, außerdem sah er unwahrscheinlich gut aus: strohblonde Haare, verschmitztes Grinsen, lustige Grübchen, blaue Augen ...

Dagegen kam Rüdiger einfach nicht an. Rüdiger hatte kurze, braune, stets störrisch und ungekämmt aussehende Haare, die mich immer an das Fell eines Rauhaardackels erinnerten. Seine Brauen waren buschig, seine schönen dunklen Augen kniff er leider viel zu oft zusammen und sein muskulöser Körper wirkte im Vergleich zu dem von Jonas schon richtig erwachsen. Er trainierte Bogenschießen und Judo, sich mit ihm anzulegen war bestimmt nicht ratsam. Aber die meisten Mädchen schreckte das komischerweise eher ab, vielleicht, weil Rüdiger so schweigsam war, er sprach selten mehr als unbedingt nötig. Außerdem wurde er schnell nervös. Dann blinzelte er noch mehr als sonst mit den Augen und bekam den Mund überhaupt nicht mehr auf. Als Kind hatte er sogar ziemlich gestottert, eine Schwäche, unter der er sehr gelitten, die er aber glücklicherweise überwunden hatte.

Während sich an Rüdiger kein Mädchen so recht herantraute, hatte Jonas eine Ausstrahlung, die schon Dutzende, unter anderem Steffi, kirre gemacht hatte. Eine Zeit lang hatte Steffi auf alles, was sie erreichen konnte, seinen Namen geschrieben: auf ihren Radiergummi, meine Hand, ihre Jeans, meine Schuhe und anscheinend hatte sie sich sogar eine Zahnbürste mit diesem Namen gekauft. Jonas mochte Steffi auch, da war ich mir sicher. Ein richtiges Paar waren sie und Jonas bisher trotzdem nicht geworden. Vielleicht wollten sie ihre Freundschaft nicht gefährden, vielleicht störte es Steffi auch, dass ihn im Reiterverein sogar die kleinsten Gören anhimmelten, deren Herzen sonst nur für tranige Schulpferde schlugen.

Mir war das egal, ich war nur froh, dass Jonas deswegen nicht arrogant geworden war. Er war einfach unser Jonas, und dafür liebte ich ihn auch ein bisschen. Ich glaubte an ihn, hatte ihm schon Mut gemacht, sich nach dem Abi tatsächlich an einer Schauspielschule zu bewerben. Meiner Meinung nach würden sie ihn mit Kusshand nehmen.

Mittlerweile hatte Jonas sich neben Ginie auf die Decke gesetzt und erzählte ihr von der ertrunkenen Frau. Er wusste genauso wenig darüber wie ich, nutzte aber die Gelegenheit, ein bisschen mit seinen Erfolgen als Rettungsschwimmer der DLRG anzugeben, und stellte eine haarsträubende Theorie von einer tödlichen Unterwasserströmung auf, über die Rüdiger nur grinsend den Kopf schüttelte.

»So ein Blödsinn, Jonas! Das Ganze ist über zehn Jahre her und seitdem ist nichts mehr passiert. Die Frau war selbst schuld. Sie hatte zu viel gefeiert, zu viel getrunken und Tabletten genommen. Erst hieß es, sie habe Selbstmord begehen wollen, dann deutete aber alles auf einen Unfall hin und am Schluss hat es sogar ein Verfahren wegen unterlassener Hilfeleistung gegeben. Die haben damals richtig ermittelt, mit Mordkommission und allem Drum und Dran, genau wie im Fernsehen, Philipp sagt, seine Kollegen hätten damals sogar ...«

»Dein schlauer Bruder hat dir mal wieder eine Räuberpistole erzählt. Er gibt doch mit seinem Job bei der Polizei total an, kommt sich nach zwei Jahren schon vor wie der Supercop!«

»Hahaha!«, sagte Rüdiger beleidigt.

»Erzähl mal weiter! Es gab ein Verfahren?«, fragte Ginie.

»Man sagte, ihr Mann hätte den Unfall verhindern können oder sogar herbeigeführt. Sie waren am Abend wohl zuerst auf der Dorfkirmes und dann mitten in der Nacht noch am See. Vielleicht wollte er sie ja loswerden …«

»Ach, Rüdiger, deine Familiendramen interessieren doch keinen. Du siehst immer alles so psychologisch. Dabei wird mit ein bisschen Fantasie alles viel spannender: Ginie, du musst dir vorstellen, dass das hier ein besonderer See ist, mit Strudeln, Sandabbrüchen, Ungeheuern …« Jonas kam richtig ins Schwärmen, seine Augen leuchteten, er stand auf, malte Figuren in die Luft. »Das Werk dahinten ist nämlich in Wirklichkeit eine Drachenburg! Dort herrscht noch heute der böse Drache König-Kieswerk, jede Vollmondnacht raubt er sich ein schönes Mädchen. Da muss erst der tapfere Ritter Jonas von Jupiter und Jägermeister kommen, um den Kampf mit ihm aufzunehmen!«

Steffi und ich lachten, Rüdiger verzog erst das Gesicht, rang sich dann aber auch zu einem Lächeln durch. Nur Ginie schien sich nicht über Jonas zu amüsieren, sie war plötzlich noch blasser geworden, sah richtig schlecht aus, ihre Lippen zitterten und ihre Augen wirkten glasig.

»Alles klar?«, fragte ich besorgt.

Ginie reagierte nicht, krallte die Finger in die Oberarme.

»Hey?«, fragte jetzt auch Jonas und stupste sie an. »Magst du keine Märchen?«

»Ach Jonas, jetzt lass mal den Quatsch! Sie verträgt bestimmt die Hitze nicht! Mensch, Ginie, warum hast du auch keinen Sonnenhut mitgenommen? Und baden wolltest du auch nicht! Vielleicht solltest du jetzt wirklich mal in den See gehen, aber vorsichtig, nicht dass ...«

»Annika!« Steffi stieß mich an. »Ginie ist alt genug«, sagte sie leise. »Du musst nicht auf sie aufpassen!«

Ich wurde rot. Schon wieder den Muttityp rausgekehrt. Wie ich das an mir hasste!

»Wer hat gesagt, dass das ein See ist? Das ist ein Plumpsklo von Außerirdischen!«, sagte Ginie völlig unerwartet. Obwohl das ziemlich barsch klang und wahrscheinlich auch so gemeint war, mussten wir alle lachen.

Ich war erleichtert. Wenn ihr so ein Witz einfiel, würde sie wahrscheinlich nicht gleich mit einem Hitzschlag zusammenklappen.

»Geht's wieder besser?«, fragte Steffi sie noch.

»Ja, ja.« Ginie nickte. »Es ist die Hitze. Beim nächsten Mal höre ich wirklich auf Annika und nehme mir einen Hut mit. Vielleicht gehe ich später auch noch ins Wasser.«

Sie lächelte mir zu und ich beruhigte mich. Also nahm sie mir meine Fürsorge nicht übel.

Der Nachmittag dümpelte dahin. Mit halbem Ohr bekam ich mit, wie Jonas Ginie weiterhin Storys von der Rettungsschwimmerei erzählte und Rüdiger, der das Thema satt hatte, die beiden zum Kartenspielen überreden wollte. Aber Jonas hatte Ginie total in Beschlag genommen und Steffi und ich wollten uns einfach nur bräunen. Also gab Rüdiger es schließlich auf und beschloss, wenn auch etwas mürrisch, Brennholz für ein Lagerfeuer zu sammeln.

Das machten wir eigentlich immer so: baden, Karten spielen, dösen, Kekse futtern, wieder baden und zum Abschluss ein kleines Feuerchen. Rüdiger zog sein Messer, das wir ihm mal geschenkt hatten und mit dem er seine Bögen und manchmal auch Figuren in Äste schnitzte, aus der Tasche und ging. Jonas rief ihm hinterher, er käme gleich nach, um ihm zu helfen. Steffi lag auf dem Bauch und war in einen Horrorroman mit blutrot glänzendem Einband vertieft. Ich hatte vergessen etwas zum Lesen einzustecken und döste deshalb mit halb geschlossenen Augen vor mich hin.

»Ich verschwinde mal kurz in die Büsche«, hörte ich Ginie irgendwann sagen und bekam mit, wie sie aufstand, sich anzog und auf mich heruntersah. Ich dachte wohl daran, sie wegen der Spanner bis zum Waldrand zu begleiten, aber ich erinnerte mich noch rechtzeitig an Steffis Worte, dass Ginie schließlich alt genug sei. Diesmal würde ich nicht die Glucke spielen!

Meine Cousine wandte sich nach rechts, stapfte den Sandberg hoch, Richtung Kiefernschonung. Jonas stand ebenfalls von der Decke auf, legte die Hand an die Augen, sagte: »Ich helf mal Rüdiger, sonst ist er nachher noch beleidigt«, und entfernte sich in die andere Richtung.

Kaum waren wir allein, machte Steffi sich an den CD-Player. »Schnell was Kuscheliges auflegen, solange die Jungs nicht da sind.«

»Tu das«, murmelte ich, schloss die Augen und überlegte kurz, ob ich meinen nassen Bikini jetzt schnell gegen den zweiten, trockenen eintauschen sollte. Der kalte Stoff störte mich jedes Mal und die vor einer Blasenentzündung warnende Stimme meiner Mutter meldete sich auch gleich in meinem Hinterkopf. Aber ich war zu faul, mich umständlich unter einem Handtuch umzuziehen. Steffi wechselte ja auch nie zwischendurch die Kleidung. Also ließ ich mich mit dem sanften Popgedudel treiben, hörte auf das leise Umschlagen der Seiten von Steffis Roman und döste wieder ein.

Da muss es so um die drei Uhr gewesen sein. Nachgeschaut hat natürlich keiner von uns, warum auch?

Freitag, 15.30 Uhr

Ich musste eingeschlafen sein, denn als ich erwachte, war mein Kopf voll von unangenehmen Traumbildern. Ich hatte allein in einem schlabbrigen Bikini an den Spannern vorbeigehen, mich von ihnen anglotzen und meine Figur mit der von Yasmin vergleichen lassen müssen. Als ich plötzlich glaubte eine Hand an meinem Po zu spüren, war ich erschrocken aufgewacht.

Ich rieb mir die Augen und richtete mich auf. Mein Kreislauf war im Keller, Kopfweh kündigte sich an. Irgendwie musste das am Wetter liegen, die drückende Schwüle hatte zugenommen und kleine schwarze Gewittertierchen saßen auf meinen nackten Armen.

»Jetzt fängt das wieder mit diesen ekeligen Tierchen an«, sagte ich zu Steffi, die in ihr Buch vertieft war und zusammenhanglos und ohne aufzublicken antwortete: »Das ist echt krass, mit 'ner Nagelschere hat der der die Haut abgezogen, da muss man erst mal drauf kommen.«

Ich antwortete nicht. Gruseln war eine der wenigen Leidenschaften meiner Freunde, denen ich nicht so viel abgewinnen konnte. Zwar fand ich es auch gemütlich und spannend, wenn wir einen Videoabend in der Gartenhütte von Steffis Eltern machten – wir kuschelten uns alle vier auf dem Sofa zusammen und stellten uns vor, der Axtmörder aus dem Film stünde draußen vor der dünnen Holztür –, aber wenn es auf die richtig blutrünstigen Höhepunkte zuging, steckte ich meine Nase lieber tief in die Chipstüte oder fing sogar an die Kegelpokale auf dem Regal zu zählen.

Jonas, der ja davon träumte, Schauspieler oder Filmregisseur zu werden, versuchte mir immer wieder einzureden, dass man vieles ironisch oder gesellschaftskritisch sehen müsse. Keiner würde doch ernsthaft an Axtmörder glauben. Der Axtmörder an sich sei ja nur ein Bild für das Unbewusste. Ich war mir da nicht so sicher. Wenn es draußen stürmte und drinnen die Schreie aus dem Fernseher drangen, schien mir die Möglichkeit, auf dem Heimweg tatsächlich die Filmfigur zu treffen, ziemlich real.

Achtung! Ich war dabei, wieder einzuschlafen und in einen neuen Alptraum abzugleiten! Schnell stand ich auf. Leichter Schwindel überfiel mich, verging aber wieder. Der Sand, in den meine nackten Füße einsanken, war immer noch heiß. Fast hätten wir uns das Brennholz sparen und auf den Steinen Spiegeleier braten können. Ich zupfte an meinem Bikini herum, benetzte einen bös juckenden Bremsenstich mit Spucke und sah mich um.

An den Seeufern lagerten weiterhin Badegäste, auch wenn ich den Eindruck hatte, dass es weniger waren als zuvor. Auf dem Wasser trieb ein großes rotes Schwimmtier in Form eines Drachen, um das sich einige Jugendliche balgten.

Durch den bleigrauen Himmel und das zwischen ein paar Wolkenbergen hervorbrechende gleißend grelle Licht wirkten die Farben intensiver und die Konturen schärfer als sonst, der Schwimmdrache leuchtete und selbst das Kieswerk am anderen Ufer erschien nun wirklich wie eine Drachenburg.

»Ob das mit unserem Lagerfeuer überhaupt noch was wird?«, fragte ich Steffi in dem Versuch, über das Wetterthema ein Gespräch mit ihr anzufangen.

»Och, wieso nicht«, murmelte sie und klappte widerwillig ihr Buch zu. »Regen haben sie erst für heute Abend angesagt.«

»Wie spät ist es eigentlich?«

»Keine Ahnung.« Sie kramte eine Haarbürste aus ihrer Tasche, legte den Kopf schief und kämmte ihre langen mittelblonden Haare.

»Wo die anderen wohl bleiben?«, fragte ich.

Steffi hielt erschrocken im Kämmen inne. »Stimmt! Deine Cousine ist ja auch noch nicht wieder da. Ich war so im Leserausch, ich hab gar nicht gemerkt, dass sie nicht zurückgekehrt ist!«

Meine Cousine. Ich hatte sie völlig vergessen.

Wir schwiegen, sahen uns an. In Gedanken versuchte ich bereits die Zeit ihrer Abwesenheit einzugrenzen, abzumessen, zu erfassen: Sie war gegangen, Jonas war gegangen, Rüdiger war vorher schon weg, ich hatte in der Sonne gelegen, ein kurzes Nickerchen gemacht, vielleicht zehn Minuten, keine zwanzig, oder doch, oder mehr?

»Hm. Warte mal«, sagte Steffi nachdenklich, nahm ihre Bürste wieder auf, kämmte sich aber nicht, sondern zupfte die Haare zwischen den einzelnen Borsten heraus, formte sie zu einem Knäuel, wog es, wollte das Knäuel vom Wind wegtragen lassen, aber da kein Lufthauch ging, trudelte es wieder auf ihren Schoß und sie ergriff es und verbuddelte es energisch im Sand.

»Komisch ist das schon.« Ich sagte es noch leichthin und eher mechanisch, doch ein Unbehagen machte sich schon breit und in meinem Hinterkopf meldete sich erneut die Stimme meiner Mutter: »Gib Acht, dass du keine Blasenentzündung bekommst. Lauf nicht barfuß, sonst trittst du in Glasscherben. Pass überhaupt ein bisschen auf am Baggersee. Und geh nicht mit Steffi allein.«

Steffi hatte wohl ähnliche Gedanken im Sinn, sie senkte den Kopf und sah angestrengt auf ihre Haarbürste und das aufgeschlagene Taschenbuch, als läge in diesen Gegenständen die Lösung für das ungewöhnliche lange Fortbleiben der anderen. »Ich habe in der Zeit ein ganzes Kapitel gelesen«, bemerkte sie schließlich.

Ich spürte, wie mein Puls anstieg. Gleichzeitig machte ich unbewusst einen Schritt zum See hin und kaltes Wasser umspülte meine Knöchel. Ein Kapitel. Wie lang war das? Dreißig Seiten? Mehr? Wie lang brauchte man, um dreißig Seiten zu lesen? Doch mindestens eine halbe Stunde!

»Ich bin eine Schnellleserin, aber das heißt ja nichts, außerdem sind's gut fünfzig Seiten ... Hast du eine Uhr dabei, Annika?«

»Die hab ich zu Hause gelassen.«

»Mist.«

»Vielleicht haben die drei sich ja getroffen.«

»Aber klar, so wird's sein! Deine Cousine tut zwar so'n bisschen arrogant und so, aber zumindest Jonas scheint sie ja zu mögen.«

»Du kennst doch Jonas. Wer mag ihn nicht?«

Steffi nickte grimmig. »Manchmal denke ich, ihn mögen zu viele! Das verdreht ihm den Kopf. Hast du gehört, was er über Yasmins Aufzug gesagt hat?«

»Ach, du bist doch wohl nicht auf die eifersüchtig!«, sagte ich leichthin, kam aber nicht dazu, weiter darüber nachzugrübeln, ob ich das nicht selbst ein bisschen war, denn in diesem Augenblick klickte der CD-Player, in dem die Disc abgelaufen war, und Steffi rief: »Ja super, die Musik verabschiedet sich auch noch!«

Es war ein netter Versuch von ihr, die düstere Stimmung ein wenig aufzulockern, aber mir fiel ein, dass sie genau zu dem Zeitpunkt, an dem die Jungs gegangen waren, die neue CD eingelegt hatte, und ich sagte prompt: »42 Minuten. Die hat eine Laufzeit von 42 Minuten. Sie ist fast eine Dreiviertelstunde weg.«

»Das gibt's doch nicht!«, sagte Steffi. »Ich mein, wenn die drei sich getroffen haben, ist es kein Problem, aber wenn nicht …«

Wir schwiegen. Erst mal abwarten, Ausschau halten. Oben am Waldrand ging ein Mann mit einer großen Strandtasche entlang und auf dem See trieb der rote Drache zurück ans Ufer, kurz darauf dröhnten Bässe einer anderen Stereoanlage zu uns herüber.

»Eigentlich kann hier nichts passieren. So viele Leute, wie hier sind«, sagte ich.

Steffi nickte. »Ist ja auch noch nie …«

»Eben.«

»Obwohl es da mal so'n Gerücht gab. Ich glaube, es war im letzten Jahr, da stand was von Belästigungen in der Zeitung.« Steffi schüttelte energisch den Kopf. »Trotzdem, keine Panik. Deine Cousine kommt bestimmt gleich und dann werfen wir sie erst mal ins Wasser. Als Entschädigung für den Schrecken, den sie uns eingejagt hat.«

»Gute Idee«, antwortete ich und lächelte tapfer. Steffi hatte Recht, gleich würden Ginie und die Jungs kommen und empört die Augenbrauen hochziehen, weil wir hysterischen Weiber uns übereilt und total unnötig Sorgen gemacht hatten.

Dann, die Sekunden schienen zu schleichen, während die Schwüle gleichzeitig unerträglich wurde, kam Jonas. Er schleppte einen ganzen Arm voll Brennholz, pfiff vor sich hin, und als er uns fast erreicht hatte, legte er den Holzstapel ab, holte Zapfen aus den Taschen seiner bunten, weiten Hose und begann uns damit zu bewerfen.

»Hey, du Blödmann, hör auf!«, schrie Steffi.

»Jonas, hast du die anderen gesehen?«

Er lachte, seine weißen Zähne wurden von einem gleißenden Sonnenstrahl getroffen und eine Handbewegung ließ sein strohblondes Haar um seinen Kopf herum wehen. Fast wie einen Heiligenschein. Filmreif.

»Nö.« Er kam heran, warf sich bäuchlings auf die Decke und griff gierig in die Kekstüte. »Hab ich 'nen Hunger!«

»Ginie und Rüdiger sind schon superlange weg!«, sagte ich ernst.

Jonas stoppte im Kauen, runzelte die Stirn, sah uns einen Moment fragend an, kaute dann weiter und sagte schließlich: »Und?«

»Rüdiger ist nicht das Problem«, klärte ihn Steffi auf, »der streift gern mal so durch den Wald. Aber wenn Ginie allein ist ...!«

»Wieso? Die ist doch clever und gut drauf, die wird schon nicht verloren gehen.«

Wieder sah ich ein eifersüchtiges Aufmerken in Steffis Gesicht und auch Jonas blieb es nicht verborgen, denn er fügte leicht gereizt hinzu: »Mensch, was habt ihr denn? Was weiß ich, wie lange so'n Mädchen braucht?« Er schob sich einen zweiten Keks in den Mund, sprang leichtfüßig auf – Jonas kann nämlich futtern wie ein Weltmeister und nimmt nie ein Gramm zu –, legte eine andere CD in den Spieler, stellte ihn an, summte mit.

»Findest du das überhaupt nicht merkwürdig, Jonas?«, fragte Steffi, jetzt schon ein bisschen ärgerlich, weil er nicht auf uns einging.

»O Mann! Macht euch nicht nervös! Man braucht ein paar Minuten, den Sandberg rauf und wieder runter zu stiefeln, einen geeigneten Platz zu finden und so weiter!«

»Schon. Aber es sind mittlerweile mehr als ein paar Minuten. Sie ist bald eine ganze Stunde weg!« Ich war mir sicher, dass er die Sache zu leicht nahm, griff entschlossen nach meinen abgeschnittenen Jeans, zog sie über meine klamme Bikinihose und schlüpfte in meine Leinenschuhe.

»Annika, was hast du vor?« Steffis Stimme klang alarmiert, zum ersten Mal schwang so etwas wie Angst darin mit, die Befürchtung, dass etwas Schlimmes passiert sein könnte.

»Ich geh sie suchen.«

»Okay.« Jonas nickte. »Von mir aus. Aber Rüdiger ist ja auch noch nicht wieder da. Vielleicht sind sie zusammen, sind kurz ins Dorf geradelt und bringen uns Eis mit ...«

»Glaub ich nicht«, sagte ich und zog mir auch das Top über. »Sie sind ja nicht zusammen weggegangen und Rüdiger ist chronisch schüchtern, der zieht nicht mal eben ganz locker mit 'nem Mädchen los. Was sollen die zwei sich erzählen? Die haben die ganze Zeit kaum ein Wort miteinander gewechselt, die sind nicht zusammen.«

Jonas unterdrückte ein Grinsen und murmelte: »Man weiß ja nie. Ein blindes Huhn findet auch mal ein Korn.«

Ich schüttelte stumm den Kopf, konnte mir Rüdiger und Ginie einfach nicht bei einem netten Pläuschchen vorstellen. Steffi kaute grübelnd und ebenfalls schweigend auf ihrer Unterlippe herum, sah mir beim Anziehen der Schuhe zu, doch als ich gehen wollte, ging ein Ruck durch ihren Körper und sie ergriff meinen Arm. »Warte. Ich komm mit. Jonas, du bleibst hier. Einer muss auf die Sachen aufpassen.«

»Gut. Ich fang schon mal mit dem Lagerfeuer an. Wenn ihr wiederkommt, sind die Würstchen fertig. Mag deine Cousine lieber Senf oder Ketchup dazu?«

Er versuchte gute Stimmung zu machen, aber es klappte nicht und wir gaben ihm keine Antwort. Steffi streifte sich ihr Kleid über, die Sandalen nahm sie in die

Hand. Eilig stiegen wir den Sandberg hinauf, erreichten keuchend den Waldsaum.

»Und jetzt?« Steffi wischte sich so ordentlich, wie es ihr auf die Schnelle möglich war, den Sand von den Füßen und schlüpfte in ihre Sandalen.

Ich sah mich um. Von hier oben hatte man einen guten Blick über den tief in der riesigen Sandkuhle liegenden See. Er war auf drei Seiten von Kiefernwald umgeben, der teils aus lichten Stellen, teils aus abgezäunten Schonungen und teils aus dichterem Mischbewuchs bestand. Trampelpfade liefen kreuz und quer durch dieses mehrere Quadratkilometer große Terrain. Der Pfad, der zum Forstweg führte, an dem unsere Räder standen und den wir stets nahmen, um zum See zu kommen, lag direkt vor uns. Der Waldbereich rechts des Pfades wurde nach ein oder zwei Kilometern von der Landstraße begrenzt, der linke zog sich bis zu den Industrieanlagen hin.

»In welche Richtung ist sie wohl gegangen?«

»Keine Ahnung.«

»Versuchen wir's hier.«

Wir wandten uns nach rechts. Unter den lichten Bäumen war es nur wenig schattiger als auf der Sandfläche. Ein harziger Geruch lag in der Luft und das Geräusch vereinzelt auf der Landstraße vorbeifahrender Autos drang dumpf herüber. Es würde schon früher Gewitter geben, nicht erst heute Abend, und dann, spätestens dann, würde Ginie zurück sein. Sie würde ja nicht nass werden wollen und Rüdiger auch nicht, also würden sie wieder zu uns stoßen – allerdings glaubte ich wirklich nicht, dass sie zusammen waren! Eher war Ginie allein losgezogen, um mal eben einen Rottweiler zu kaufen und unseren Dachboden als neuen Dancefloor publik zu machen. Verdammt, wäre ich doch mit ihr gegangen!

Wir durchkämmten den gesamten Waldsaum, zuerst den Streifen rechts des Trampelpfads, dann, nachdem wir schon viel weiter in den Wald eingedrungen waren, als man es üblicherweise täte, um mal kurz zu verschwinden, suchten wir in gleicher Weise die linke Seite des Weges ab.

Zwanzig Minuten später standen wir fast an der gleichen Stelle wie zuvor. Unten am Lagerplatz war Jonas noch immer allein.

»Ob wir sie mal rufen sollen?«, fragte Steffi.

»Ja.«

»Okay.«

Aber weder Steffi noch ich riefen. Dabei wäre es das Vernünftigste gewesen. Vielleicht war sie mit dem Fuß in einen Kaninchenbau getreten und umgeknickt, vielleicht lag sie irgendwo mit einem geschwollenen Knöchel hinter einem Busch, vielleicht war ihr wieder schlecht geworden, vielleicht war sie ohnmächtig, vielleicht waren wir an ihr vorbeigelaufen ohne sie zu bemerken; vielleicht wartete sie seit einer Stunde – seit eineinviertel Stunden! – darauf, dass endlich einer von uns kam und sie fand.

»Also, wir rufen jetzt!«

»Ja.«

»Los!«

Wieder blieben wir stumm. Es war wie auf Geburtstagen, wenn niemand beim *Happy Birthday*-Singen den Anfang machen wollte, oder beim Vorturnen, wenn sich alle zierten – nein, es war schlimmer. Wir wollten uns den möglichen Ernst der Lage nicht eingestehen. Beide vermieden wir es normalerweise, allein durch das Wäldchen zu gehen. Beide erschraken wir, als jetzt ein einzelner Mann auf dem Trampelpfad an uns vorüberging.

Bestimmt fünf Minuten brauchten wir, bis wir es endlich fertig brachten, den Namen meiner Cousine in den Wald zu schreien. Eine Antwort kam nicht, nur Naturgeräusche: das Rätschen eines Eichelhähers, das Ticksen einer Amsel, das Summen einer Hummel.

»Vielleicht ist sie längst wieder unten am See. Vielleicht hat sie einfach nur ihre Tage und deshalb so lange gebraucht!«

»Soo lange braucht keine!«, sagte ich und: »Wir hätten sie nicht allein gehen lassen dürfen.«

»Ach Quatsch!« Steffi winkte rigoros ab, dabei dachte sie mit Sicherheit das Gleiche, denn sie war von Natur aus obervorsichtig, sie nahm ja abends nach ihrer Klavierstunde nicht einmal den Bus, sondern ließ sich stets von ihrem Vater abholen.

»Warum bin ich nur nicht mitgegangen?«, fragte ich mich laut. »Warum habe ich diesmal nicht daran gedacht, dass es gefährlich sein könnte? Warum hab ich mich so einschüchtern lassen? Immer passe ich auf und dann mache ich im entscheidenen Moment plötzlich solche blöden Fehler!«

»Mensch, Annika!« Steffi versuchte mich zu beruhigen, sich selbst zu beruhigen. »Wir haben einfach nicht daran gedacht, wir … Meine Güte, ich … ich zum Beispiel war noch nie hier oben pinkeln, ich … ich mach immer heimlich in den See.«

»Bitte?«

»Ja. Sorry. Aber sag's keinem.«

Ich gab keine Antwort, ließ Steffi stehen und hastete, ununterbrochen Ginies Namen rufend, erneut querfeldein. Dornen ratschten meine Arme und Beine auf, Fliegen umschwärmten mich, eine Zecke ließ sich auf meinen Oberarm fallen – ich wehrte alles ab, bahnte mir meinen Weg tiefer in den Wald hinein.

Steffi folgte. Nach einer Weile, wir waren ziellos herumgeirrt, rief sie: »Annika, warte, ich kann nicht mehr! Lass uns zurückgehen! Wenn sie dann immer noch nicht da ist, nehm ich mein Handy und rufe meinen Papa an.«

»Und was soll der machen?«, fragte ich im Laufen.

»Was sollen *wir* machen?«, rief sie mir hinterher. »So finden wir sie nicht!«

»Dann geh zurück. Ich suche allein weiter.«

»Nein!«

»Wieso nicht?« Ich blieb so abrupt stehen, dass sie fast gegen mich prallte. »Ich denke, du kannst nicht mehr.«

»Annika!« Steffis Stimme wurde leise, sie gewann ihre ruhige, überlegte Art zurück. »Wenn ihr etwas passiert ist, dann ist es besser, wir holen so schnell wie möglich Hilfe.«

Ich sah sie an, ihr hübsches, zartes Gesicht, die roten Wangen, der halb geöffnete Mund, die großen Augen.

Sie hatte natürlich Recht. Steffi konnte in den See pinkeln, während wir alle darin badeten, und hatte immer noch Recht, war immer noch das nette, vorbildliche

Mädchen, das genau wie ich nie in einer Klassenarbeit schummeln oder durch gewagte Klamotten versuchen würde gute Noten einzuheimsen. Plötzlich hatte ich das Gefühl, dass mich schon seit einiger Zeit etwas an diesem Bild störte.

»Okay. Wir gucken, ob sie jetzt bei den Jungs ist«, gab ich nach.

»Das ist sicher das Beste.« Steffi nickte und wir gingen zurück in die Richtung, aus der wir gekommen waren.

»Wir dürfen nicht ausflippen. Wir müssen Ruhe bewahren«, sagte ich laut zu mir selbst und rief mir die gängigen Verhaltensregeln für Notfälle ins Gedächtnis: Panik vermeiden. Verletzten helfen. Im Brandfall nicht den Fahrstuhl benutzen.

Nichts war anwendbar. Nichts half.

Wir stolperten aus dem Wald heraus und erreichten die Sandkuhle. Schon von weitem sah ich zwei Personen an unserem Lagerplatz stehen: zwei Jungen, die miteinander sprachen und dabei wild gestikulierten, als ob sie sich in einem Streit befänden.

Ginie war nicht dabei.

Steffi fluchte. »Verdammt.«

»Und wenn sie doch schwimmen gegangen ist?«, spekulierte ich verzweifelt. »Wenn sie den Bikini meiner Mutter im Wasser verloren hat und sich jetzt nicht mehr heraustraut?«

Ich beschattete mit der Hand die Augen und ließ meinen Blick noch einmal über den See schweifen. Es war kaum noch jemand im Wasser. Die meisten Leute packten am Ufer ihre Sachen zusammen und brachen auf. Ginie war nicht zu sehen.

Steffi schüttelte den Kopf. »Die ist nicht im Wasser, Annika. Die wollte nicht baden! Los, lass uns zu den Jungs!«

Den Abstieg zum See unternahmen wir mehr fallend als laufend. Zweimal stürzte ich vornüber auf die Knie, rappelte mich wieder auf, rief schon von weitem: »Wo ist Ginie?«

Die Jungen reagierten nicht. Ihr Gespräch war beendet. Jonas saß an einem schwach qualmenden Lagerfeuerchen, stocherte mit einem Ast darin herum und starrte uns stumm entgegen. Rüdiger stand hinter ihm, die Arme vor der Brust verschränkt.

»Wir haben keine Ahnung«, sagte Rüdiger, zuckte die Achseln und blinzelte mit den Augen.

»Hast du sie denn nicht gesehen?«

»Nein. Ich habe ja auch eben erst erfahren, dass sie nicht bei euch ist.« Rüdiger wandte sich zum See, dessen Wasseroberfläche sich im aufkommenden Wind kräuselte. »Aber wir sollten hier langsam einpacken. Es gibt gleich ein Gewitter. Habt ihr gerade den Donner gehört?«

»Das war'n Hubschrauber«, sagte Jonas ohne aufzuhören mit dem Ast zu stochern.

»Ja, vorhin. Der ist da rüber geflogen.« Rüdiger deutete vage über den See. »Die haben wohl jemanden gesucht. Vielleicht gab's einen Banküberfall oder es ist irgendwo einer ausgebrochen.«

»Was?« Das war alles, was ich herausbrachte.

Im nächsten Moment liefen mir Sturzbäche von Tränen die Backen herunter. Ich ließ mich auf die Wolldecke nieder, wehrte Steffis tröstende Hand ab, wollte so schnell wie möglich meine Sachen zusammenraffen, aber es gelang mir nicht, ich bekam sie in meiner Hast nicht alle in die Tasche, der Reißverschluss klemmte, und als ich an ihm zerrte, fielen die letzten, weichen Schokoladenkekse aus der Packung und rutschten, eine klebrige Schmierspur hinterlassend, ins Innere der Tasche.

»O nein!«, jammerte ich. »Jetzt helft mir doch mal! Ich kann nicht ohne meine Cousine nach Hause kommen. Wir müssen sie suchen!«

»Stell dich nicht so an, nimm dich zusammen, ja?«, rief Rüdiger unerwartet heftig. »Es gibt keinen Grund zur Aufregung! Ginie kommt wieder, die ist nicht auf den Kopf gefallen, die weiß, was sie tut!«

»Genau«, sagte Jonas beschwichtigend, »die findet schon allein zurück, glaub's mir!« Er legte mir einen Arm um die Schultern. »Bitte, Annika, beruhig dich!«

Das wollte ich ja! Ich versuchte mich abzulenken und auf andere Dinge zu konzentrieren, blickte fest auf Jonas' braun gebrannte Beine und Steffis rot lackierte Zehennägel, aber beim Anblick von Steffis Zehen sah ich jetzt die übliche Sequenz, die gezeigt wird, wenn im Fernsehkrimi eine Leiche gefunden wird: die bleichen Zehen, den aufgequollenen Fuß. Mehr sieht man ja erst mal nicht von der Toten, die natürlich meist eine Frau ist oder ein junges Mädchen, hübsch, schlank, sexy, so wie Ginie.

»Packen wir zusammen!« Jonas stand so abrupt auf, als hätte er ähnliche Schreckensvisionen gehabt, nahm rasch seine Sachen und wiederholte die Aufforderung: »Los!«

Steffi half mir auf, Jonas' Armbanduhr piepste zweimal, um die volle Stunde anzuzeigen: 17 Uhr, Ginie war seit fast zwei Stunden fort! – Rüdiger rollte stumm die Decke zusammen, es ging rasch und doch viel zu langsam. Das einzig Schnelle waren meine Gedanken, in Windeseile jagten sie auf der Suche nach Ginie in alle möglichen Richtungen: Sie ist allein nach Hause gefahren. Sie hat sich verlaufen. Sie hat sich den Knöchel verstaucht. Sie ist bis zur Straße gegangen und hatte einen Autounfall. Sie hat einen Sonnenstich und liegt ohnmächtig im Wald. Sie ist von Sand verschüttet worden. Sie ist im See ertrunken. Sie ist überfallen worden. Sie ist tot.

Ich durfte nicht ohne sie nach Hause kommen! Ich sollte auf sie Acht geben, mich um sie kümmern. Ich hatte es versprochen.

Noch einmal hasteten wir den Sandberg hinauf. Meine Beine taten weh von der Anstrengung. Noch einmal durchstreiften wir das Kiefernwäldchen, Rüdiger und ich auf der einen, Steffi und Jonas auf der anderen Seite des Trampelpfads. Jetzt schrie ich ihren Namen so laut und angstvoll, dass Rüdiger mich schon beruhigen und zurückhalten musste.

Als wir das erste Donnergrollen in unserer Nähe hörten, stießen wir wieder zu Steffi und Jonas. Der schlug vor: »Wir müssen zu den Rädern! Vielleicht wartet sie dort auf uns!«

Aber auch dort war sie nicht. Die Räder und das Mofa lehnten noch genauso am Zaun, wie wir sie verlassen hatten. Es fand sich auch kein Zettel, keine mit einem Stock in den Sandboden geschriebene Nachricht. Beim Anblick der Räder schossen mir Tränen in die Augen:

Gemeinsam sollten wir jetzt eigentlich zurückfahren, ich auf meinem Rad, Ginie auf Papas Mountainbike. Wir sollten gute Laune haben und miteinander wetten, ob wir die Häuser noch vor Beginn des Unwetters erreichen würden.

Wie konnten wir denn jetzt allein zu Hause ankommen? Das vierte Fahrrad zurückzulassen hieß im Grunde Ginie aufzugeben.

Da hörten wir Stimmen, Jonas machte: »Scht!«, aber wir hätten auch ohne seine Aufforderung den Atem angehalten, horchend, hoffend, dass Ginie dabei wäre.

Sie war es nicht, nur die Jugendlichen mit dem roten Schwimmdrachen. Laut redend kamen sie auf dem Trampelpfad heran, wollten an uns vorbei.

»Hey, stoppt mal, habt ihr ein Mädchen gesehen?«, sprach Jonas sie an. »Wir vermissen unsere Freundin!«

Die Gruppe blieb irritiert stehen – sonnenverbrannte, sandige Gesichter wie unsere.

»Was? Wir haben keine gesehen.«

»Eine schlanke Sechzehnjährige in Shorts und rotem T-Shirt!«

»Nö.«

»Mit kurzen schwarzen Haaren!«

Achselzucken, fragende Blicke. »Nicht drauf geachtet.«

»Mit einem Piercing!«

»Niemanden gesehen.«

»Hübsch?«, fragte einer der Jungs grinsend.

»Lass den Blödsinn! Das ist kein Spaß!«

Die Jugendlichen schienen zu überlegen. Über unseren Köpfen donnerte es.

»Mit blonden Locken und so 'nem bulligen Typen mit 'ner Luftmatratze?«, fragte ein Mädchen.

»Nein, mit schwarzen Haaren!«, beharrte ich wütend und sagte zu Steffi: »Mit dem Pärchen meinen sie bestimmt Alexa und Florian.«

»Die haben sich nämlich gestritten! Er war voll beleidigt und hat sie sitzen lassen!«, erzählte das Mädchen, aber Jonas rief dazwischen: »Das ist uns egal! Habt ihr sonst was gesehen oder nicht?«

»Nein! Ist denn was passiert? War sie im Wasser oder ...«

»Sie musste mal in die Büsche! Sie ist allein in den Wald gegangen und seit eineinhalb Stunden weg!«, sagte ich.

»Fast zweieinhalb«, korrigierte Steffi leise.

»Puh.« Die Jugendlichen begriffen jetzt, dass wir uns ernsthaft Sorgen machten, sie guckten bedröppelt, konnten uns aber nicht helfen. Sie wären an der anderen Seeseite gewesen, sagten sie. Einmal sei ein Hubschrauber über sie weggeflogen. Ob die Polizei schon Bescheid wisse?

»Noch nicht«, sagte Jonas.

Noch. Noch wussten ja nicht einmal meine Eltern Bescheid, geschweige denn mein Onkel.

Ein anderes Mal habe einer von ihnen einen Schrei gehört. Der könne aber auch von einem spielenden Kind gewesen sein, das von einem anderen mit Wasser bespritzt worden sei. Oder von dem Mädchen, das sich mit seinem Liebsten in der Wolle hatte. Auf jeden Fall »harmlos«, hätten sie gedacht. Hier werde schon nichts passieren.

Jetzt bekamen sie Zweifel. Die Mädchen sahen sich um. Eine sagte: »Ich hab ja immer gewusst, dass es mit diesen perversen Spannern nicht gut geht! Aber auf mich hört ja keiner!«

Die andere trippelte nervös auf und ab, sah auf ihre Uhr, drängte: »Los, kommt, ich hab keinen Bock mehr, hier rumzustehen, außerdem fängt's gleich an zu regnen und wir verpassen den Bus!«

Wir ließen sie gehen, blieben bei den Rädern zurück, erschöpft schweigend und insgeheim voller Neid: Die da fuhren jetzt heim, duschten, schalteten die Vorabendserien im Fernsehen an, aßen mit ihren Familien, legten die Füße hoch, checkten ihre SMS, telefonierten mit Freunden, vermissten nichts und niemanden. Später würden sie in den Nachrichten von dem verschwundenen Mädchen hören und einen Schauer aus Furcht und Sensationslust spüren, während sie weiter mit der einen Hand in die Chipstüte griffen und mit der anderen das Telefon hielten, an dem vielleicht gerade ihre zu Hause auf der Couch liegende, lachende Cousine sprach.

Die ersten dicken Tropfen platschten auf unsere bloßen Arme.

»Ruf bei euch zu Hause an, frag, ob sie da ist.« Jonas' Stimme klang hart, er reichte mir sein Handy, wich meinem Blick aus.

»Ja, vielleicht ist sie längst zu Hause und wir frieren hier«, sagte Rüdiger. Tatsächlich hatte nicht nur er, sondern auch ich eine Gänsehaut, ich hatte es bisher nicht einmal gemerkt.

Ich wählte. Es klingelte endlos lange. Dann meldete sich mein Vater.

»Papa, ich bin's, Annika.«

»Ja, wo bleibt ihr denn? Es gibt gleich Regen!«

»Ist Ginie bei euch?« Jetzt war ihr Verschwinden offiziell.

»Ginie ist doch mit euch weggefahren! Annika? Annika! Kannst du mich hören? Ach, diese verdammten Handys! Annika!« Die Stimme meines Vaters wurde ärgerlich, er glaubte, die Verbindung sei unterbrochen, er rief meinen Namen, aber ich schaffte es nicht zu antworten, die Tränen schossen mir in die Augen.

Jonas nahm mir das Telefon aus der Hand und sagte so gelassen und deutlich, wie ich es in diesem Moment nie gekonnt hätte: »Herr Senkel, wir haben ein Problem. Ginie ist verschwunden.«

Die Antwort meines Vaters hörte ich nicht. Ich stand mit einem Arm an einen Baumstamm gestützt ein paar Meter entfernt. Nur mit halbem Ohr hörte ich Jonas die Fragen meines Vaters beantworten. »Ja, am See. Natürlich, wir haben alles abgesucht. Vor etwa zweieinhalb Stunden.«

Dann schwiegen wir wieder.

»Wir sollen hier warten, hat dein Vater gesagt.« Jonas machte ein hilfloses Gesicht. Er wirkte verändert: ernster, älter, das Unbekümmerte von vorhin war völlig verloren. Jonas wirkte wie ein Filmheld, den man zuerst als engelhaften Jüngling kennen lernt und der dann nach einem Zeitraffer plötzlich ein erwachsener Mann mit Falten, Sorgen und Erfahrungen ist. Langsam, so als habe er einen steifen Hals, legte er den Kopf in den Nacken und sagte: »Jetzt geht der Regen richtig los.«

Und der kam wie auf Kommando. Ein Blitz am Himmel, ein letzter warnender Donner über unseren Köpfen, dann prasselten die Tropfen mit Wucht auf uns herab. Steffi flüchtete unter die herabhängenden Zweige einer Kiefer, Jonas und Rüdiger folgten ihr, zerrten mich mit, nahmen mich in die Mitte und hielten die Wolldecke mit dem grünen Kleeblatt wie einen Schutzschild über unsere Köpfe.

»Vielleicht kommt sie ja jetzt«, sagte Rüdiger. »Wenn sie sich irgendwo versteckt hat, dann will sie bei Regen vielleicht doch nach Hause.«

»Warum sollte sie sich denn verstecken?«, rief ich erstaunt. Die schnell durchweichte Wolldecke war kein guter Regenschutz, sie wurde schwerer und schwerer. Auch die trockene Erde zu meinen Füßen konnte mit den Wassermassen nicht fertig werden, der Regen versickerte nicht, sondern schwemmte in unsere Schuhe, umspülte sie mit lehmig braunem Matsch.

»Ihr ist etwas passiert. Ich weiß es. Wir müssen weitersuchen!«, jammerte ich. »Wir dürfen hier nicht rumstehen! Wir müssen ihr helfen!«

»Wir warten!«, entschied Jonas und ergriff mit einer Hand meinen Arm, wobei er die Decke loslassen musste, deren muffiger Stoff mir direkt ins Gesicht fiel. »Deine Eltern sind gleich hier, dann sehen wir weiter ...«

»Keine Angst, Annika, alles wird sich aufklären, Annika, alles wird wieder gut, keine Angst«, murmelte Rüdiger und streichelte meinen Arm.

»Und wenn nicht?« Ich stieß einen Schluchzer aus, der die anderen ermutigte, noch näher zu rücken, und Rüdigers Litanei verstummen ließ.

Der silberne Kombi meines Vaters war voll brauner Spritzer, die Reifen drehten im Matsch durch. Ich konnte mich nicht erinnern das Auto meines Vaters jemals so dreckig gesehen zu haben.

Wie in Zeitlupe lief ich auf den Wagen zu. Schlamm spritzte an meinen Beinen hoch. Der Regen durchweichte im Nu meine Kleidung. Ich erreichte die Motorhaube. Der Scheibenwischer blieb mitten in der Bewegung stehen. Das Duftbäumchen am Innenspiegel pendelte langsam hin und her. Der Ausdruck in den Augen meines Vaters sagte alles: Jetzt ist etwas passiert, das nicht rückgängig zu machen ist, etwas, das unser Leben für immer verändern wird.

Vergangen waren die Witzchen vom Mittag und von seiner sportlich-jung gebliebenen Art war nichts mehr zu spüren. Wie auch Jonas wirkte mein Vater auf einmal ganz anders: Ich sah ihn plötzlich als einen übergewichtigen, zuckerkranken Mann, der seiner Familie zuliebe auf seine Träume verzichtet hatte.

Ich erschrak. Was war nur heute mit mir los? Ich liebte meinen Vater doch, wie konnte ich ihn nur so sehen ... so hilflos. Wieso zweifelte ich plötzlich an allem?

Ginies Vater war ein ganz anderer Typ, gesünder, muskulöser, lauter, geradeheraus und straight, jemand, der mitten im Leben steht, auch wenn er es im Grunde nie richtig in den Griff bekommen hatte und jetzt die Hilfe von Schwester und Schwager brauchte. Er riss die Beifahrertür auf und brüllte gegen den im gleichen Augenblick anrollenden Donner: »Was ist passiert?« Mit einem Satz war er bei mir und ergriff meine Schultern.

»Wo ist Ginie?« Er schüttelte mich, Angst stand in seinen Augen. Ich wusste: Er hatte Ginie nicht zum See fahren lassen wollen, er hatte ein schlechtes Gewissen, weil er sich nicht genug gekümmert, weil er sie gegen ihren Willen hierher verfrachtet hatte. »Annika, wo ist Ginie?«

Ich quiekte auf wie eine Maus, die von der Katze gepackt worden ist. Wo, wo, wo? Wenn ich wenigstens gewusst hätte, wohin sie gegangen war! Wirklich nur in die Büsche? Oder vielleicht weiter? Vielleicht zum Baden? Konnte Ginie überhaupt schwimmen?

»Ihr ist vielleicht schlecht geworden«, sagte Jonas. »Wir ...«

»Schlecht geworden?«, rief mein Onkel und ließ mich so ruckartig los, dass ich fast in den Matsch kippte.

»Vor Hitze. Sie schien die Sonne nicht zu vertragen.«

»Was? Soweit ich weiß, hatte sie damit noch nie Probleme! Wo wart ihr bisher? Wo habt ihr schon gesucht?« Mein Onkel wandte sich an Jonas und Rüdiger. »Wir müssen uns aufteilen. Beeilung!«

Kurz erklärte ihm Jonas die Lage. Steffi, bleich wie der Mond, floh zu meinem Vater ins Auto. Rüdiger war unschlüssig, sein Blick jagte zwischen mir und meinem Onkel hin und her. Schließlich ergriff er meinen Arm, schleppte mich zum Wagen und zog die Fahrertür auf. »Herr Senkel, Ihr Schwager sollte sich nicht so aufregen, wahrscheinlich ist doch gar nichts passiert. Man kann sich hier in dem Gebiet schon mal verlaufen. Vielleicht hat sie sich auch wegen des Regens untergestellt!«

»Das ist nett von dir, Rüdiger, dass du uns beruhigen willst«, sagte mein Vater langsam, er schien gar nicht zu bemerken, dass auch er jetzt nass wurde. »Aber ist sie wirklich schon zweieinhalb Stunden weg?«

»Fast drei«, antwortete Rüdiger zerknischt.

»Dann rufen wir die Polizei.«

»Vielleicht gibt es aber doch eine ganz harmlose Erklärung: Ginie hat sich verirrt oder ...«

»Nein. Drei Stunden sind zu viel. Was auch immer passiert ist, ich werde diesmal nicht derjenige sein, der zu lange zögert.«

Mein Vater stöhnte, wischte sich ein paar Schweißtropfen von der Stirn und griff nach seinem Mobiltelefon. Ich konnte hören, wie er davon sprach, dass Ginie die Gegend nicht kannte und dass der See gefährlich und seine Ufer extrem steil waren. Auch die Spanner erwähnte er und seinen Schwager, der wie von Sinnen losstürmen wolle, um seine Tochter zu suchen. Dann hörte ich nach einer Weile die Wegbeschreibung, die er den Polizisten gab, während in meinem Kopf immer wieder der lächerliche, ungewollt komische, der Situation völlig unangemessene Reim herumging: »Fast drei.« – »Rufen Polizei.« Während mein Vater uns Mädchen bat im Auto auf die Polizisten zu warten, wiederholte ich den Reim in Gedanken, veränderte ihn: »Eins, zwei, drei, dann kommt die Polizei!« Meine Lippen bebten und bibberten, meine Zähne schlugen aufeinander, ich zitterte und schlotterte, ich reimte zwanghaft und wohl unter Schock und ich konnte erst damit aufhören, als ich schon eine ganze Weile im Trockenen auf dem Fahrersitz saß und alle außer Steffi und mir längst im Wald verschwunden waren.

»Mensch, Annika! Das ist ja ein Alptraum. Das ist wie in dem Buch, das ich lese – ein Alptraum.« Steffis Stimme kippte, ihr Atem ging schnell.

Das Gewitter musste mittlerweile direkt über uns sein. Der Himmel hatte sich verdunkelt, auf die grellen Blitze folgte fast unmittelbar das Donnergrollen, der Wind riss Zweige von den Bäumen, der Regen hämmerte aufs Dach, wie Hagelkörner prasselten die Tropfen auf die Windschutzscheibe und an den Seiten flutete das Wasser nur so herunter. Von der Welt draußen war kaum etwas zu erkennen. Dort wurde inzwischen im modrigen, dornigen, verdreckten, versifften, gottverlassenen Gestrüpp nach Ginie gesucht. Keine Kuhle, kein Erdloch, keine Sandwehe, in die die Jungen und Männer nicht rutschten. Wie oft sie sich wohl erschraken, wenn sie irgendetwas sahen, das menschlich sein könnte? Einen alten Schuh, ein weggeworfenes Stück Stoff, eine Plastiktüte mit Müll, eine hautfarbene Kinderpuppe, deren schmutzverschmierter Bauch von fern aussah wie ein nackter Fuß.

»Meinst du, sie finden sie?«, flüsterte ich und starrte meine nackten Oberschenkel an, so als könnte ich nicht begreifen, dass gerade eben noch ein warmer, schöner Sommertag gewesen war und ich deshalb kurze Hosen trug.

»Ich weiß nicht«, sagte Steffi. »Ich hab Angst.«

Die hatte ich auch. Steffi und ich waren ganz allein. Vorsichtshalber verriegelte ich das Auto.

»Was machst du denn?«, fragte sie.

»Wenn der noch hier ist … wir sind ganz allein.«

Ich brauchte nicht zu erklären, was ich meinte. Sie riss die Augen auf, dachte das Gleiche wie ich. Was vorher undenkbar gewesen war, eine Gefahr auch für uns, schien jetzt auf der Hand zu liegen. Wer konnte denn wissen, womit wir es zu tun hatten? Was, wenn wirklich »irgendwo einer ausgebrochen« war, wie Rüdiger gesagt hatte? Wenn wir ohne es zu merken wichtige Zeuginnen geworden waren und nun von ihm aus dem Weg geräumt werden sollten? Steffi kontrollierte sofort die anderen Türen, warf gehetzte Blicke aus den Fenstern.

»Wo bleiben die denn?«, flehte sie.

»Die Suche dauert doch!«

»Aber ich will nicht mehr hier sitzen und warten!« Steffi fing an zu schluchzen. »Ich kann nicht mehr! Ich will nicht wissen, was mit Ginie passiert ist! Wenn ich mir vorstelle, dass einer dieser perversen Spanner uns vielleicht die ganze Zeit schon mit seinem Fernglas angeglotzt hat und nur gewartet hat, bis eine von uns aufsteht, um ...«

Ein abgerissener Ast schlug aufs Autodach.

Steffi schrie auf. »Bestimmt ist ihr was passiert! Sie ist überfallen worden! So kann's ja nur sein! So was hört man doch jeden Tag! So ist es doch immer! Dauernd grabbeln die Männer einen an. Sogar Jonas ist gleich bei der ersten Gelegenheit rangegangen. Annika, das kommt mir jetzt alles wieder hoch: die Antatscherei und dann die Geschichte in der Hütte!«

Sie grub ihre Finger so fest in meinen Oberarm, dass es wehtat. »O Gott, das ist alles so schrecklich! Das ist nach dem Silvesterfest in der Hütte der schlimmste Tag meines Lebens!«

Ich war verwirrt. »Silvester?« Wie kam sie jetzt darauf?

»Erinnerst du dich denn nicht?«

»Doch, das war nicht so toll, du hast dir den Fuß verletzt, aber ...«

Das letzte Jahresende hatten wir im Ferienhaus von Rüdigers Eltern im Bayerischen Wald verbracht. Der Wetterbericht hatte Schnee angesagt, wir hatten rodeln und Ski laufen wollen. Im Ort, so hatte Rüdiger uns zuvor erzählt, sei eine Disco, ein Spaßbad und auch sonst allerhand los. Perfekt für uns!

Das war's dann aber ganz und gar nicht gewesen. Es fing damit an, dass das Spaßbad im Umbau und die Disco schon seit dem Sommer geschlossen war. Außerdem hatte sich das Wetter kurzfristig geändert, es taute. Schon nach dem ersten Rundgang war die Stimmung in unserer Gruppe im Keller, der menschenleere Ort wirkte deprimierend, der Nieselregen nervte. Am liebsten wären wir sofort wieder nach Hause gefahren.

Jetzt, ein halbes Jahr später, in meinen regennassen Sachen, fröstelte es mich noch, als ich an die schlecht geheizte Blockhütte mit den klammen, schweren Bettdecken und präparierten Tieren an den Wänden dachte. Der Blick der todestrüben Augen verfolgte mich bis in den Schlaf.

»... aber da ist doch nichts weiter passiert.«

»Hast du 'ne Ahnung.« Steffi begann leise und stockend zu erzählen, wobei sie die ganze Zeit zitterte und manchmal bei Blitz und Donner zusammenzuckte.

»Ich war schon lange in Jonas verliebt, das weißt du ja. Schon im Sandkasten hab ich seine Burgen bewundert und ihm meine Förmchen geschenkt. Alle fanden uns niedlich, alle dachten, wir würden mal ein Paar. Das hast du doch auch gedacht, oder?«

»Äh, ja, klar.«

»Aber ich kann nicht so süß, sexy und locker sein, wie alle es von mir erwarten. Ich bring's einfach nicht. In der Klasse soll ich möglichst spontan und frech sein, immer die Klappe aufreißen, bis nachts in der Disco bleiben und jede dritte Schulstunde blaumachen. Zu Hause erwarten sie, dass ich mindestens so locker die Einser sammle wie Svenja und Alexa, das schaff ich aber nicht, ich muss dafür büffeln und ich kann's mir nicht leisten ...«

»Ach, Steffi, ich bin doch auch nicht so.«

»Ja, aber weil du nicht willst und deinen eigenen Kopf hast.«

»Ich? Ich bin doch nicht besser dran als du.«

»Doch! Du musst nämlich nicht für die Arbeiten lernen, du kannst es so. Und du hilfst anderen, weil du das gerne machst, weil du eben ein großes Herz hast!«

»Jetzt mach mal'n Punkt!«

»Mein Herz dagegen ist ein schwarzes Loch, jetzt ehrlich, weil ich, weil mich, mich hat nämlich auch schon mal einer begrabscht. Hat beim Schwimmen seine Hände um meine Brüste gelegt, rein zufällig natürlich, um mich hochzuheben oder zu döppen oder zu ärgern, meinte er. Aber es war kein Zufall. Er hat's nämlich häufiger gemacht.«

»Was redest du denn da überhaupt?«, rief ich aus. »Meine Güte! Schnappst du jetzt über? Das stimmt doch wohl nicht, oder? Oder? Steffi! Wer? Wer hat es gewagt, dich zu begrabschen?«

»Sag ich nicht. Ein Typ, den du auch kennst, den ich regelmäßig sehe. Aber ich werd's nicht an die große Glocke hängen. Er wird sonst eh behaupten, es wäre Spaß gewesen oder Zufall oder ein Versehen oder was weiß ich, ich wäre 'ne Zicke oder ...!«

»Aber jeder würd dir doch glauben!«

»Nein! Ich gelte doch schon als verklemmt, weil ich noch meinen Teddy auf dem Kopfkissen sitzen habe! Und was sollen sie mir denn glauben? Kleine Ausrutscher unter Wasser, die keiner gesehen hat, obwohl alle dabei waren?« Steffi atmete heftig, knibbelte mit ihren Fingern an einem aufgenähten Knopf meines Tops, riss ihn ab.

Ich ließ sie, war völlig perplex. »War ich auch dabei?«, fragte ich leise.

Steffi gab keine Antwort, machte sich an den nächsten Knopf. »Deine arme Cousine!«, sagte sie. »Die ist allein da draußen und ich komm dir hier mit meinen pieseligen Problemchen, aber das bricht jetzt alles so über mir zusammen! Ich kann nicht anders.«

Ich blickte auf den herabstürzenden Regen, die durch die Luft fliegenden Zweige und Blätter, nahm das Rauschen des Windes und Wassers wahr und fuhr ihr mit der Hand durchs Haar. »Erzähl's mir ruhig!«, sagte ich. »Wir können Ginie im Moment sowieso nicht helfen.«

Steffi schluckte, entfernte mit einem Ruck den zweiten Knopf. »Es ist alles so schlimm seit dem Silvesterurlaub.«

»Das mit dem Antatschen?«, hakte ich sofort ein und stellte mir schon vor, wie ich wahlweise Jonas oder Rüdiger eine reinhauen würde.

»Nein, das waren nicht unsere Freunde. Das war auch

vorher schon. Vielleicht hat das aber mit eine Rolle gespielt, dass es mit mir und Jonas so lange gedauert hat, bis wir ... Weißt du, es ist so, ich liebe Jonas, aber ich will nicht, dass er mit mir nur was ausprobiert. Ich hab mir vorgenommen: Wenn ich mit einem Jungen zusammenkomme, dann weil es etwas Ernstes, Festes ist. Das ist wahrscheinlich altmodisch und superspießig, aber ich will nun mal keinen küssen, der gleichzeitig Yasmin hinterherguckt. Rüdiger hat das verstanden, zumindest hat er so getan.«

»Rüdiger?«

»Ich hab ihm von der Antatscherei erzählt, und dass ich mich noch nicht reif für eine Beziehung mit Jonas fühle. Rüdiger meinte, das käme schon noch.«

»Du hast mit Rüdiger über so was gesprochen?«, rief ich aufgebracht, fuhr hoch, packte ihre Hand und brachte den dritten Knopf vor ihr in Sicherheit. »Warum sprichst du mit Rüdiger und nicht mit mir? Ich bin deine Freundin!«

»Ich wollt's dir sagen, ehrlich, aber ich wusste, dass du's nicht auf sich beruhen lassen würdest. Du hättest so lange geprockelt, bis du gewusst hättest, wen ich meine, und dann wärst du sofort zu ihm hin und hättest ihm die Meinung gegeigt! Und das wollte ich eben nicht.«

Ich stöhnte auf. »Meintest du das mit ›großem Herzen‹, ja?«

»Neeein.« Steffi kuschelte sich an mich. »Aber ich wusste eben, dass Rüdiger auch ein Problem mit diesem Typen hatte und es für sich behalten würde. Wir haben so gut geredet, aber dann hat Rüdiger das mit der Hütte vorgeschlagen. Ich hab ihm vertraut. Aber das hätte ich nicht tun sollen, Annika.« Ihre Stimme zitterte, sie hob ängstlich den Kopf, als eine neue Windböe Zweige gegen die Windschutzscheibe schleuderte.

»Keine Angst, hier kommt keiner rein. Da müsste derjenige sich ja erst durchs Unwetter kämpfen, dann das Fenster einschlagen ...«

»Du machst einen Denkfehler, Annika, du gehst immer von einem Fremden aus. Von einem der Spanner auf den Sandbergen. Von einem geilen Opa oder einem abgebrühten Serienverbrecher, der extra aus 'ner andren Stadt kommt. Aber man weiß manchmal gar nicht, wie die eigenen Freunde wirklich sind.« Sie spielte mit den abgerissenen Knöpfen. »Rüdiger hat diesen Urlaub vorgeschlagen. Rüdiger hat uns in diese Waldhütte gelockt. Rüdiger hat das alles eingefädelt. Er hat den Rodelberg ausgesucht, er hat gesagt: ›Der ist ungefährlich und harmlos. Ich kenne mich hier aus. Ich geb euch Schwung!‹ Von dem Bach da unten hat Rüdiger nichts gesagt! Vielleicht hat er's Jonas verraten, mir nicht. Sonst wäre ich da nämlich nie und nimmer mit Jonas runtergefahren. Ich hab so Schiss gehabt, tausend Huppel waren in der Wiese, die wurd immer steiler und der Schlitten schneller und Jonas hat nicht die Bohne gebremst, obwohl ich mir die Kehle aus dem Hals geschrien hab. Er hätte auch lenken müssen, er hat schließlich vorn gesessen. Logisch, dass wir in den Bach gefallen sind!«

Ich hatte Steffis Schreien noch im Ohr. Wir waren sofort die Wiese hinuntergelaufen, um ihnen zu helfen.

»Jonas hatte Glück: nasse Jeans und blaue Flecke, mehr nicht. Ich bin zur Seite gekippt, lag sogar mit dem Gesicht im Wasser. Nur mein Fuß ist nicht mitgekippt, der steckte unterm Schlitten fest und ich hab richtig das Knacken gehört, als die Bänder gerissen sind. Das tat so weh, dass ich gar nicht protestieren konnte, als Rüdiger sagte, Jonas sollte mich zur Hütte zurückschleppen, ihr würdet noch ein bisschen draußen bleiben. Wieder war es Rüdiger! Er hat dich überredet, dass ich allein mit Jonas zurückgehen soll, als ob er's geplant hätte!«

»Wir wollten eben das Schneewetter noch so lange wie möglich ausnutzen. Ja, ich hab dich von Jonas gestützt zur Hütte hinken lassen und dich nicht begleitet, aber es war ja nicht weit und ich dachte, dein Fuß sei nur verstaucht. Warum hätte es denn auch nicht in Ordnung sein sollen?«

»Weil ...«

Plötzlich klingelte das Handy, das mein Vater auf dem Armaturenbrett liegen gelassen hatte. Steffi fuhr auf, rutschte auf ihren Sitz.

Ich ergriff das Telefon. »Ja?«

»Annika?« Es war meine Mutter. Sie klang kurzatmig. »Ist sie schon wieder aufgetaucht?«

»Nein. Papa und Paul suchen sie im Wald. Wir ...«

»Hat Ginie irgendwas gesagt?«

»Gesagt? Nein, sie wollte in die Büsche, sie ...«

»Wegen des Sees, wollte sie nicht an den See?«

»Weiß ich nicht, Mama, kann sein, ihr war heiß und sie wollte nicht schwimmen gehen, aber nachher gefiel's ihr, glaub ich, ganz gut, sie hat sich mit uns unterhalten, Jonas und sie ...«

In diesem Moment krachte ein zweiter abgerissener Ast auf die Motorhaube unseres Autos, Steffi schrie auf und auch meine Mutter hörte es.

»Annika, wo seid ihr? Ist alles in Ordnung?«

»Im Auto, ja, Mama, wir ...«

»Sag deiner Mutter, sie soll kommen«, wimmerte Steffi.

»Im Auto sind wir doch sicher!«

»Nicht, wenn hier die Bäume umstürzen!«

»Mama? Was hat das mit dem See zu tun?«

»Nichts, Annika, lass jetzt. Passt auf euch auf. Ich ruf später noch mal an.« Sie legte auf.

Ein neuer Blitz zuckte über den Himmel und ich sah Steffis bleiches Gesicht.

»Was sollen wir machen?«, fragte sie unter Tränen. Sie beugte sich wieder zu mir herüber, verbarg ihr Gesicht in meinem Schoß.

»Erzähl mir von dem Tag in der Hütte«, sagte ich leise. »Was war mit dir und Jonas? Erzähl's mir, dann geht das Gewitter auch schneller vorbei.«

»Ich weiß nicht, ob ...«

»Wir können jetzt sowieso nichts für Ginie tun. Und hier hört uns keiner.«

»Ich brauchte Jonas' Hilfe, als ich unter die Dusche wollte, ich konnte mich ja nicht mal alleine ausziehen.« Steffi sprach jetzt nicht mehr zu mir, sondern zu meinen Knien, und erzählte leise und nuschelnd, wobei sie eine längst abgelegte Angewohnheit aus Grundschultagen wieder aufnahm: Sie lutschte beim Reden an einer Haarsträhne. »Ich war genauso fertig wie jetzt. Mir war eiskalt. Mir tat der Fuß weh. Ich dachte, ich kipp um. Jonas musste mich stützen, deshalb kam er mit in die Dusche. Ich stand auf einem Bein, das Gesicht zu den Fliesen, eine Hand an den Wasserhähnen, eine auf Jonas' Schulter. Er nahm sein Duschzeug, rieb es mir in die

Haare und den Rücken hinunter. Er scheint überhaupt kein Problem zu haben, dachte ich, ich gucke gegen die Wand und schäm mich und er singt und schimpft ab und zu auf den verdammten Bach. Ja, und dann hab ich seine Hände auch schon vorne und er sagt: ›Huuuch, das wollt ich jetzt aber gar nicht‹, und ich denk, er ist der Junge, den ich liebe, und dabei ist er echt genauso doof drauf wie der Typ, der mich zu Hause immer angrabbelt!«

»Wen meinst du denn, verdammt noch mal?«

»Das ist doch egal!«, schrie Steffi und erzählte mit sich überschlagender Stimme weiter: »Jedenfalls sag ich da erst mal nichts drauf und Jonas zieht seine Hände ja auch weg und summt immer noch so rum, verlegen und zugleich so, als wär nichts gewesen. ›Jonas, gib mir mal das Shampoo!‹, sag ich und dreh mich nicht um, sondern greif nur danach und dreimal darfste raten, was ich da zu fassen krieg! Ich hab mich natürlich voll erschrocken, ich denk doch nicht, dass der gleich 'nen Ständer hat, jedenfalls sag ich dann ›sorry‹ und er kommt ganz nah und sagt: ›Wir brauchen uns eigentlich nicht immer entschuldigen, wenn wir uns berühren.‹ Und dann küsst er mich und er ist ja auch mein Jonas und ich hab mir immer vorgestellt, wie schön es wär, ihn zu küssen und zärtlich zu sein, aber ich, ich war da gar nicht drauf vorbereitet, ja, das war so überhaupt nicht schön, das war überhaupt nicht romantisch, das Wasser wurd immer kälter, der Fuß tat mir weh und ich hätt gern einfach ein bisschen mehr Zeit gehabt, für alles und so. Aber Jonas war nicht zu bremsen und ich musste mich ja an ihm festhalten und gleichzeitig konnte ich aber auch nichts sagen, weil mir völlig der Atem weggeblieben ist, als er mich gestreichelt hat.«

Ich räusperte mich. »Wolltest du das denn?«

Eine Weile kam keine Antwort, ich hörte nur das Geräusch des Regens auf dem Dach.

»Ja und nein. Ich hatte mir das schon lange gewünscht, mich aber nicht getraut einen Schritt auf ihn zuzugehen. Das hat er bestimmt auch gespürt. Dass ich Schiss hatte, aus Rumkuscheln und Händchenhalten mehr zu machen. Er dachte bestimmt, es wäre das Beste, den Verstand auszuschalten und mit der Tür ins Haus zu fallen. Aber, ehrlich gesagt, so hatte ich mir das nun auch wieder nicht vorgestellt, dass wir gleich beim ersten Mal miteinander schlafen und dann im Stehen und unter der Dusche und ich nur so auf einem Bein, kannst du dir das vorstellen?«

Sie ließ ein klägliches Lachen hören und ich stimmte ein. »Nein, Steffi, das kann ich mir nicht vorstellen.«

»Ich mir manchmal auch nicht«, sagte sie und seufzte. »Das ist komisch, manchmal denk ich, dass ich mich kaum noch daran erinnere, dass mein erstes Mal vielleicht gar nicht existiert hat und alles nur Einbildung war, und dann wieder erinnere ich mich an jede Einzelheit: seine muskulösen Hände, die ich so gut kenne, die Narbe am linken Zeigefinger, den silbernen Armreifen, den ich ihm zum Geburtstag geschenkt habe und den er an diesem Tag auch trug – all das seh ich wieder vor mir. Ich fand mich schön und ich liebte ihn und vertraute ihm und alles war gut und Jonas drückte seinen Körper gegen meinen und ich schloss die Augen und horchte auf seinen Herzschlag und seinen Atem und meinen Atem und

meinen Herzschlag, ich dachte, ich zerspring vor Aufregung, und dann spür ich schon seine Hand zwischen
meinen Beinen und ich denk noch, das geht mir zu
schnell, und gleichzeitig drücke ich mich näher an ihn
und er klemmt mich ein zwischen sich und der Wand
und schlingt mein Bein mit dem verletzten Fuß um seine
Hüfte und er guckt mir tief in die Augen und fragt mich
mit seinem Blick, und ich sag nicht Nein, wär mir da gar
nicht eingefallen, und er dreht das warme Wasser ab und
lächelt und küsst mich und drückt sich an mich und da,
da in dem Moment, in dem wir's tun, ausgerechnet da
höre ich durch das offene Badezimmerfenster Rüdigers
Stimme und er sagt: ›Komm, Annika, wir gucken mal,
was die so treiben, die beiden! Hoffentlich machen die
keinen Schweinkram, wenn wir nicht dabei sind!‹ – Du
hast gelacht. ›Unsere Steffi doch nicht!‹ – Und er wieder: ›Wer weiß, wer weiß, Gelegenheit macht Liebe!‹

Ich hab mich so erschrocken. Ich hab mich geschämt.
Ich hab gemerkt, wie eisig es ohne das warme Wasser
war. Ich hab an meine Schwestern gedacht, an meine
Familie, den Typen, der mich angebaggert hat. Ich hab
mich gefühlt wie verraten und verkauft. Ich hab gedacht,
Jonas nutzt die Situation nur aus.

Er hat sich von euch kein bisschen irritieren lassen,
hat nur ganz glücklich gegrinst, meinen Namen genannt,
mein Gesicht abgeleckt und gefragt, ob's auch schön sei
für mich und ob er mir auch nicht wehtäte und so, und
wahrscheinlich hat er's auch so gemeint und vielleicht
wär noch alles gut gegangen, aber da, da geht die Bade-
zimmertür auf und wer kommt rein? Rüdiger!

Ich denk: Jetzt sterb ich!«

»Was?«

»Ja! Jonas kriegt endlich auch mal was mit, zuckt zusammen, reißt den Mund auf, guckt mich an, drückt mir mit seinem Mund meinen zu, kann sich aber schon im nächsten Moment nicht mehr halten und fängt an zu lachen. Ich bitte dich, Annika: Was gab es da zu lachen? War das etwa zum Lachen? Das war der totale Reinfall, mein ganzes Leben ist ein totaler Reinfall, jetzt weißt du's, und dann kann Jonas nicht mehr, er flutscht aus mir raus und lacht und Rüdiger sieht uns und alles, was er als Entschuldigung rausbringt, ist: ›Hopsa!‹ Dann macht er sich vom Acker und Jonas kriegt sich immer noch nicht ein vor Lachen, setzt sich auf den Boden und wiederholt immer und immer wieder: ›Hopsa! Oh, hopsa!‹«

»Deswegen kannst du das Wort nicht ab«, sagte ich, schlicht erschlagen von ihrer Geschichte.

Wir schwiegen. Ich hätte vielleicht noch irgendetwas sagen sollen, aber mir fiel nichts Passendes ein. Es wurmte mich, dass ich nichts davon gemerkt hatte. Verflucht, ich war wirklich eine Spätentwicklerin! Kein Wunder, dass sich bisher noch kein Junge für mich interessiert hatte!

Steffi rutschte auf ihren Sitz, lutschte an ihrer Haarsträhne.

Aber ich durfte nicht wieder anfangen an mir herumzukritteln, musste klar im Kopf bleiben wegen Ginie. Ich beschloss die Geschichte zwischen Steffi und Jonas erst mal wegzuschieben, das war mir im Augenblick sowieso alles zu viel.

Die Uhr im Armaturenbrett zeigte 18:17. Ginie war seit gut drei Stunden verschwunden, Steffis Ausflug in die Vergangenheit vorbei. Nach und nach nahm ich die Situation um uns herum wieder bewusst auf: Der Regen trommelte unvermindert aufs Dach, auch wenn das Gewitter weitergezogen und der Donner wieder leiser geworden war. Die Scheiben waren beschlagen, die abgerissenen Knöpfe meines Tops lagen auf meinem Schoß, die Zeit kroch und eilte zugleich, denn mit jeder Sekunde, die verstrich, wurde die Hoffnung, dass die anderen Ginie gesund und munter finden und gleich zurückbringen würden, geringer.

Und wir Mädchen waren hier zum Nichtstun verdammt. Das machte mich noch ärgerlicher!

»Annika, kannst du vergessen, was ich dir erzählt habe?«, fragte Steffi in meine Überlegungen hinein.

»Wenn du willst.«

»Ja, bitte.« Vom Weinen war ihr Gesicht rot und geschwollen. »Ich hab das auch nur erzählt, weil ich erstens nicht anders konnte, und zweitens, weil ich dir klar machen wollte, dass man niemanden so richtig kennt.«

»Wen meinst du?«

»Alle. Jonas ... mit Jonas, das war eigentlich okay, aber nicht sein Verhalten nachher. Glaubst du, wir hätten noch mal darüber geredet? Nix! Gut, anfangs wollte ich nicht. Ich hab ihn voll abblitzen lassen. Aber diese Szene in der Dusche, die war dermaßen verunglückt, die hat uns kein bisschen verbunden, die war eher ein totaler Bruch. Jonas hat mir vorgehalten, ich hätte mich wegen Rüdiger zu sehr aufgeregt, der hätte ja nicht wissen können, dass wir da drin sind. Da bin ich mir echt nicht so sicher. Er hat doch selber gesagt, er will nachsehen, was wir machen! Und wo sollten wir sonst sein? So erfroren und nass, wie wir waren, konnten wir nur duschen!«

»Hmm«, machte ich. Sie hatte Recht, merkwürdig war das schon. »Hat er nicht angeklopft oder so?«

»Nein! Und dann brachten sie eines Tages ja noch diesen Runninggag mit dem ›Hopsa‹. Bei jeder Gelegenheit haben sie plötzlich ›Hopsa!‹ gerufen. Das war so was von gemein! Das ist bestimmt auch auf seinem Mist gewachsen! Wenn wir vier nicht schon so lange befreundet wären und ich nicht immer wieder hoffen würde, dass Jonas und ich doch irgendwann noch zusammenkommen, hätte ich mich schon längst von allen zurückgezogen.«

»Auch von mir?« Das war nicht fair. Meine Augen kribbelten. Schnell drehte ich den Kopf zur Seite.

»Ach, nein, weiß ich nicht …« Steffi kam wieder zu mir herübergerutscht. »Ich wollte dich nicht verletzen, Annika! Wirklich! Ich wollte dich doch nur warnen, ja genau, das wollte ich! Meine Oma sagt: Man kennt eben keinen, man guckt ihnen allen nur vor den Kopf! Und das stimmt! Rüdiger ist nämlich genauso gierig wie Jonas, der kriegt nur keine, das macht ihm voll zu schaffen. Sogar deine Cousine ist gleich auf Jonas angesprungen und Rüdiger durfte Holz holen gehen, hast du das nicht gemerkt? Und deshalb, meine liebe Annika, verlegt Rüdiger sich lieber aufs Spannen!«

»Jetzt hör aber auf!« Energisch wischte ich mir die Tränen ab.

»Es stimmt aber!«, beharrte Steffi. »Svenja hat letztens mit Dennis in seinem Auto rumgeknutscht. Sie sind abends im Dunkeln den Weg zum Hiller-Bauern runtergefahren, bis zum Ende, da wo die Autobahn entlangführt und alle Pärchen sich treffen. Und weißt du, wer da vorbeigekommen ist, als die beiden gerade beim Petting waren? Dreimal darfst du raten: Rüdiger!«

»Ja, und?«

Unsere Stimmen wurden lauter. Wir rückten auseinander.

»Er hat zugeguckt! Er ist vorm Auto stehen geblieben, sie hat's erst gar nicht gemerkt, er stand in ihrem Rücken, aber Dennis hat ihn gesehen. Zuerst dachte er, Rüdiger würde von selbst weggehen, und hat sich nichts anmerken lassen, um Svenja nicht zu erschrecken. Nach einer Weile wurd's ihm natürlich zu bunt, er hat das Fenster runtergekurbelt und Rüdiger angeschrien, er solle gefälligst abzischen.«

»Das war ein unglücklicher Zufall!«

»Meinst du? Gehst du da spätabends noch spazieren? Also ich nicht! Rüdiger rennt abends dauernd allein draußen rum. Angeblich will er nachdenken, aber ich wette, das stimmt nicht. Er ist vor dem Auto stehen geblieben, Annika! Normalerweise geht man doch weiter. Ich sag dir, er sucht die Stellen, an denen Liebespärchen sind, um da zu gucken! Genauso absichtlich, wie er ins Bad gekommen ist!«

»Das glaubst du ja wohl selbst nicht!« Ich war jetzt richtig wütend.

»Ich rede keinen Blödsinn! Rüdiger kann man nicht vertrauen, der treibt sich nämlich abends auch auf Friedhöfen rum. Ehrlich! Alexa hat er mal erschreckt, als sie spät noch mit dem Hund rausgegangen ist, und Tanja Weber auch. Frag sie doch, wenn du's mir nicht glaubst! Mir glaubt ja eh keiner! Hab ich's dir nicht gesagt vorhin: Mich halten eh alle für eine überspannte Zicke!« Steffi stöhnte erschöpft auf und verbarg ihren Kopf in den Händen.

Sie tat mir Leid. Womöglich hatte sie Recht. Nicht einmal ich war ja bereit, ihr zu glauben.

»Ich kann nicht mehr. Ich bin froh, dass es raus ist, aber ich bin ganz fertig!«

»Ach Steffi!« Ich wollte mich versöhnlich zu ihr herüberbeugen, als im gleichen Moment am Griff der Tür gezogen und kräftig an das Fenster geklopft wurde. Draußen stand, wie wenn man vom Teufel spricht, Rüdiger. Sein dunkles Haar war vom Regen völlig durchnässt, die Stirn gefurcht, der Mund rufend aufgerissen: »Macht auf!«

Steffi und ich starrten uns entsetzt an.

»Hat er gelauscht?«, fragte ich.

»Kann sein«, flüsterte sie kaum hörbar.

»Hey!« Rüdiger schlug gegen das Fenster. »Warum habt ihr euch eingeschlossen?«

»Annika!« Steffi ergriff meine Hand. »Bitte, lass ihn nicht rein!« Tränen liefen ihr die Backen herunter, sie zitterte.

»Steffi! Annika! Es regnet! Macht auf!« Rüdigers flache Hände klatschten gegen das Glas. »Was ist los? Seid ihr zu Salzsäulen geworden? Verdammt, was soll denn das? Macht die Tür auf! Ich bin total nass!«

Wir sahen uns durch die Scheibe an. Blätter hatten

sich in seinem Haar verfangen, Dornen sein Gesicht zerkratzt. Sein T-Shirt klebte ihm auf der Haut. Rüdiger. Nass, zerschrammt und sandig wie nach einem Kinderspiel. Der kleine Indianer. Der stille Junge, mit dem ich so viel zusammen erlebt hatte. War er nicht mein Freund?

Hatte ich nicht letztens, als er und ich eines Abends allein am See waren, behauptet: Wenn ich ihn dabeihätte, dann könnte mir nichts passieren?

Hatte ich es nicht sogar sehr gut gefunden, zu zweit unterwegs zu sein? Ohne den extrovertierten Jonas an seiner Seite war er nämlich richtig gesprächig gewesen.

»Steffi«, sagte ich, »wir spinnen. Wir kennen ihn doch.«

Aber stimmte das denn? Ich hatte keinen blassen Schimmer davon, dass er nachts allein durch die Gegend lief. Ich erfuhr ja sogar als Letzte, was im Silvesterurlaub passiert war. Wie konnte ich mich da auf mein Urteil verlassen?

Rüdiger wurde draußen immer verärgerter, er schlug weiter gegen die Scheibe, trat vor die Reifen, brüllte: »Sagt mal, erkennt ihr mich nicht mehr? Was ist los mit euch? Warum lasst ihr mich nicht rein?«

»Mach nicht die Tür auf«, flüsterte Steffi. »Bitte, warte auf die anderen.«

»Aber ...«

»Steffi! Annika! Sagt mal, bin ich hier im falschen Film?« Rüdiger hörte plötzlich auf zu toben, er musste eingesehen haben, dass es zwecklos war. Er ließ die Arme sinken, verständnislos, enttäuscht. Kopfschüttelnd entfernte er sich ein paar Schritte, drehte sich dann wieder um und blickte zu uns herüber. Das Regenwasser lief nur so an ihm herunter, er sah einfach erbärmlich aus.

Ich wandte mich Steffi zu. »Wir können ihn nicht da stehen lassen. Das geht nicht. Ich mach ihm jetzt auf.«

»Aber bitte sei vorsichtig!«

Ich löste die Zentralverriegelung. Rüdiger rührte sich nicht. Erst als ich die hintere Wagentür aufstieß, kam er heran.

»Na, habt ihr mich endlich doch wiedererkannt?«, knurrte er und setzte sich auf die Rückbank.

»Wir sind ein bisschen durcheinander«, verteidigte ich uns.

Steffi sah demonstrativ aus dem Fenster.

»Wer ist das nicht?«, blaffte Rüdiger. »Dein Vater hat mich geschickt, Annika, ich soll euch Gesellschaft leisten, dafür sorgen, dass es euch gut geht.« Er verschränkte die Arme vor der Brust, taxierte uns mit Blicken.

»Danke«, sagte ich verlegen.

Dann sprachen wir kein Wort mehr, bis der Regen nachließ und der Polizeiwagen kam.

Freitag, 18.35 Uhr

Ich war froh, dass Jonas und mein Vater gleichzeitig mit den beiden Polizisten eintrafen. Weder Steffi noch ich wären zu so etwas wie einem sachlichen Bericht fähig gewesen und auch Rüdiger war nicht gerade gesprächig. Er begrüßte nur die Kollegin seines Bruders, die er wohl vom Sehen her kannte, mit einem Kopfnicken. So war es Jonas, der die ersten Fragen der Beamten beantwortete:

was wir am See gemacht hatten, wie lange Ginie verschwunden war, wohin sie gewollt hatte, wer noch am See war und so weiter.

»Sie und Ihr Freund«, der ältere Polizist deutete schließlich auf Rüdiger, »waren also nicht dabei, als sie ging?«

»Doch, ich schon«, antwortete Jonas, »ich bin kurz darauf aber auch gegangen, allerdings in die andere Richtung. Ich wollte ja Rüdiger treffen und mit ihm Holz sammeln. Wir dachten, das Wetter würde sich halten. Als ich zurückkam, waren die Mädels völlig aufgeregt.«

»Zuerst kamen Sie und dann Rüdiger?«

»Ja. Rüdiger kam kurz nach mir. Die Mädchen haben gesucht. Und dann haben wir sie alle gesucht.«

Die junge Polizistin notierte sich die Angaben auf einem Block, wollte die Uhrzeiten wissen und wandte sich an mich. »Ist es möglich, dass Ihre Cousine jemanden treffen wollte?«

»Wer hätte das sein sollen? Sie kennt hier niemanden außer uns«, antwortete ich.

»Sie könnte sich verliebt haben und ...«

»So schnell? Sie war ja gerade mal ein paar Stunden hier!«

Die Polizistin nickte. »Stimmt, das scheidet eigentlich schon deshalb aus. Und wie ist es ... Sie haben sich nicht zufällig gestritten? Ich meine, könnte Ihre Cousine weggelaufen sein?«

»Nein, wir haben uns nicht gestritten. Es war alles in Ordnung.«

»Das stimmt«, bekräftigte Jonas, »wir hatten Spaß, wir haben uns wohl gefühlt, Ginie auch, davon bin ich überzeugt. Gut, sie war erst ein bisschen schüchtern, kannte uns ja nicht und wollte nicht ins Wasser, aber nachher ist sie richtig aufgetaut!«

Die Polizistin notierte wieder etwas und tauschte einen Blick mit ihrem älteren Kollegen. Vielleicht waren sie sich noch nicht sicher, ob es tatsächlich nötig war, ein fast erwachsenes Mädchen zu suchen, das erst seit drei Stunden vermisst wurde.

»Herr Senkel, wissen Sie, ob Ihre Nichte irgendwelche Probleme hat? Ob sie sich Sorgen über irgendwas macht oder ob sie krank ist?«, erkundigte sie sich bei meinem Vater.

»Ich denke nicht ... Wenn Sie einen Moment warten, mein Schwager müsste jeden Moment kommen, er ist völlig außer sich vor Sorge und noch im Wald.«

»Ja, mit dem müssen wir ohnehin so bald wie möglich sprechen.«

»Ihre Nichte kann aber schwimmen?«, fragte der Polizist meinen Vater.

»Ich weiß es nicht, ich hab sie nicht gefragt.«

»Das Baden ist hier nämlich nicht ohne Grund verboten. So harmlos, wie die Leute es immer hinstellen, sind diese Baggerseen nicht. Und wenn, mal angenommen, Ihre Nichte eine Nichtschwimmerin ist, die sich schämt dies ihren neuen Freunden zu sagen, sich aber doch ein bisschen im vermeintlich seichten Wasser erfrischen will und nicht weiß, wie steil die Ufer sind ...«

»Aber dann wär sie auch nicht ins Wasser gegangen! Und mein Schwager hätte sie auch gar nicht erst allein an den See gelassen, er ...« Mein Vater suchte nach Worten, sah sich nach meinem Onkel um, rief seinen Namen.

»Wissen Sie, hier ist schon mal jemand ertrunken ...«, stammelte er und sah auf einmal so fertig aus, dass ich dachte, er bekäme einen Herzanfall. Ängstlich lief ich zu ihm hin und drückte mich an ihn. Ich merkte, dass er noch etwas sagen wollte, aber viel zu aufgeregt war.

»Beruhigen Sie sich, Herr Senkel, ich glaube nicht, dass Ginie ertrunken ist!« Rüdiger kam mir zu Hilfe. »Das kann ich mir nicht vorstellen, es waren ja genügend Leute am Ufer, die ihr geholfen hätten, wenn sie in Not geraten wäre. Jonas hat sie außerdem lang und breit über Badeunfälle an Baggerseen aufgeklärt!«

»Die ist ganz sicher nicht schwimmen gegangen«, meldete sich auch Steffi aus dem Inneren des Autos, »die hat sich doch extra angezogen. Außerdem wollte sie sowieso nicht baden, vielleicht war sie wasserscheu oder wollte nicht, dass ihre Frisur nass wird, jedenfalls ...«

»Du brauchst noch nicht in der Vergangenheit von ihr zu sprechen«, unterbrach Rüdiger sie.

»Ich spreche so, wie ich will!«, rief Steffi. »Was weißt du denn schon, hä? Du bist ja kein Mädchen, du brauchst ja hier keine Angst zu haben. Dich stören die Spanner ja nicht, im Gegenteil! Und du warst ja die meiste Zeit selbst nicht da, warst wohl wieder Indianer auf der Jagd oder was hast du so lange gemacht?«

»Ich habe meinen Bogen heute gar nicht dabei.«

»Aber dein Messer! Ohne das gehst du doch gar nicht aus dem Haus!«

»Hey, hey!« Jonas wollte beschwichtigend dazwischengehen, aber Rüdiger fuhr ihnen beiden über den Mund: »Steffi, halt die Klappe, du gehst mir auf die Nerven!«

Steffi verstummte, so deutlich hatte Rüdiger noch nie seine Meinung gesagt. Ich war immer der Ansicht gewesen, er könne überhaupt nicht wütend werden, und auch Jonas blickte irritiert, schüttelte den Kopf und sagte: »Leute, bitte jetzt nicht durchdrehen. Wir müssen Ginie suchen, nur darum geht's!«

»Das ist richtig. Was haben Sie übrigens so lange allein im Wald gemacht?«, fragte der Polizist Rüdiger. »Haben Sie das Mädchen gesehen?«

»Nein«, antwortete er. »Ich habe Holz gesammelt.«

Die Polizistin holte eine Landkarte und einen Stift aus dem Wagen. »Wo genau haben Sie das Holz gesammelt?«

Rüdiger kreiste ein Gebiet ein und markierte unseren Badeplatz.

»Ginie ist wahrscheinlich hier rübergegangen«, sagte Jonas und deutete auf das Waldstück, das von der Landstraße begrenzt wurde und durch das der Trampelpfad führte, den die meisten Badegäste nahmen. »Sie kann hier eigentlich nicht verschwunden sein, ohne dass jemand etwas gesehen hat«, sagte er. »Obwohl da natürlich die Straße ist, aber ...«

»Und wo haben Sie Holz gesammelt?«, fragte der Polizist Jonas. Der deutete auf den gleichen Bereich, den Rüdiger eingekreist hatte.

»Aber Ihren Freund Rüdiger haben Sie dort nicht getroffen, oder?«

Jonas sah kurz Rüdiger an, zögerte und sagte dann: »Nein, wir haben uns nicht getroffen.«

Der Polizist hatte genau wie Steffi und ich den Blick bemerkt. Er grübelte einen Moment, nickte dann und ließ seine Kollegin reden: »Tjaa«, sagte die, »wir müssen also von allen Möglichkeiten ausgehen. Vielleicht wollte das Mädchen nur zu den Senkels nach Hause, meinetwegen um sich umzuziehen oder weil sie einfach keine Lust mehr hatte. Bei Mädchen in dem Alter weiß man nie. Dabei könnte sie die Entfernung falsch eingeschätzt und sich verlaufen haben. Oder das Gewitter hat sie überrascht und sie hat sich einfach irgendwo untergestellt. Es kann ganz harmlose Erklärungen geben.«

»Allerdings!«, fiel Rüdiger ihr ins Wort. »Ihr war vorher schon einmal schlecht geworden. Vielleicht fühlte sie sich einfach nicht wohl und …«

»Ja, zum Beispiel.« Die Polizistin griff Rüdigers Einwurf gern auf. »Herr Senkel, Ihre Frau ruft Sie doch sofort an, falls sie auftaucht?«

Mein Vater nickte, die Arme fest um mich geschlungen.

»Sie kann natürlich auch zur Landstraße gegangen sein, um von dort nach Hause oder sonst wohin zu trampen. Das können wir auch nicht ausschließen … Sie sagten, Ihre Nichte sei heute den ersten Tag hier. Vielleicht hat sie in ihrem früheren Wohnort einen Freund, zu dem sie zurückwill?«

Mein Vater schüttelte den Kopf. »Selbst wenn – sie fahren doch am Sonntag sowieso wieder zurück. Der Umzug ist erst in drei Wochen.«

»Verstehen Sie denn nicht«, meldete sich Steffi jetzt aus dem Auto, »sie wollte nicht zu den Senkels oder sonst wohin, sie wollte einfach nur mal ganz kurz in die Büsche und gleich wieder zurück sein!«

»Sie hat auch gar nichts dabei!«, fiel ich ein. »Ihre

Jacke, ihren Rucksack, ihre Schlüssel, ihre Armbanduhr, ihr Handy – das hat sie alles bei uns zu Hause gelassen! Sie hat nur kurze Sommersachen an und ich bin mir nicht einmal sicher, ob sie überhaupt Geld dabeihat!«

Die Polizisten tauschten einen Blick.

»Sie müssen sie suchen«, bat Steffi. »Hier laufen doch lauter perverse Typen rum!«

»Ja, tun sie etwas«, sagte mein Vater. »Ginie ist nicht weggelaufen. Sie ist ein normales, vernünftiges Mädchen. Vielleicht ist sie gestürzt und hat sich verletzt oder ... Hören Sie doch, mein Schwager und meine Frau sind außer sich vor Angst. Man hört ja heutzutage so viele schlimme Geschichten.«

»Ich würde zunächst nicht davon ausgehen, dass sie das Opfer eines Verbrechens geworden ist«, sagte die Polizistin. »Hier am See hat es bisher keine sexuellen Übergriffe auf Frauen gegeben und solche Taten kommen auch glücklicherweise längst nicht so häufig vor, wie die Medien uns glauben machen.«

»Es kommt viel zu oft vor! Außerdem gab's da mal so'n Gerücht im letzten Jahr!«, rief Steffi.

»Ein Gerücht, ja, aber auch nicht mehr«, versuchte die Polizistin uns zu beruhigen, was ihr aber nur halbwegs gelang, denn Steffi brummelte vor sich hin, dass an Gerüchten ja schließlich immer was dran sei, sonst würden sie gar nicht erst entstehen und die junge Polizistin habe sowieso keine Ahnung, als Opfer müsste man sich dann auch noch rechtfertigen und ...

Doch die Polizisten hatten sich jetzt offensichtlich entschieden Ginie suchen zu lassen, sie zogen sich in ihr Auto zurück, gaben Anweisungen über Funk durch.

»Annika, du und Steffi solltet jetzt nach Hause fahren.«

»Ich will mit suchen helfen, Papa!«, protestierte ich.

»Nein, tu mir den Gefallen, du musst dich ein bisschen um Mama kümmern. Sie hatte schon wieder hohen Blutdruck!« Mein Vater ließ mich los, trat zu den Fahrrädern. »Macht mal die Schlösser auf!« Er war ungeduldig, konnte kaum warten, bis Rüdiger die Kette, mit der er die Räder und das Mofa zusammengeschlossen hatte, entfernt hatte. »So, ihr nehmt eure Räder und ich fahr euch mit dem Wagen bis zur Hauptstraße hinterher.«

»Das ist bestimmt nicht nötig, Herr Senkel«, sagte die Polizistin aus dem Auto heraus.

Steffi aber nickte entschieden. »Doch, das ist es! Ginie hätten wir auch nicht allein gehen lassen dürfen!« Sie weinte laut, wischte sich mit der Hand Tränen vom Gesicht.

»Du übertreibst total, Steffi.« Rüdiger schüttelte den Kopf.

Die Polizisten tuschelten miteinander. Jonas trat zu Steffi, um ihren nassen Fahrradsattel mit einem Taschentuch abzuwischen, aber sie stieß seine Hand weg und fuhr dabei Rüdiger an: »Du musst nicht schon wieder über mich lachen! Gerade von dir, Rüdiger, hätte ich ein bisschen mehr Sensibilität erwartet.«

»Reiß dich mal zusammen, Steffi, es rennt hier kein Serientäter rum.«

»Woher willst du das denn bitte schön wissen? Ach ja, klar, du kennst ja die Wälder bei Tag und bei Nacht und deshalb auch alle Serientäter persönlich!«, fuhr sie ihn an. »Herr Senkel, begleiten Sie uns, bitte.«

»Selbstverständlich«, sagte mein Vater und wir machten uns auf den Weg.

Es war eine irrwitzige Fahrt. Steffi und ich kämpften uns den matschigen Weg entlang, wobei wir den Regen schon als fast so normal hinnahmen wie die Hitze zuvor, und mein Vater hoppelte mit eingeschalteten Scheinwerfern im ersten Gang hinter uns her, um zur Stelle zu sein, falls plötzlich ein blutgieriger Verbrecher aus dem Unterholz springen sollte. Ich dachte: Wie bescheuert und lächerlich!

Gleichzeitig war ich aber auch froh. Ich war noch einmal, vielleicht zum letzten Mal, die Kleine, die der besorgte Papa nicht aus den Augen lässt. Und nachdem ich in den vergangenen drei Stunden so brutal aus meiner heilen Kinderwelt hinausgestoßen worden war, tat mir das richtig gut.

Am Ende des Forstwegs wendete mein Vater das Auto, hupte und fuhr zu den Suchenden zurück, während ich mich mit Steffi auf den Heimweg machte.

Wir radelten hintereinander her ohne zu reden, ich verbissen schweigend und meine Hände stärker als nötig in die Gummirillen der Lenkergriffe drückend, Steffi leise und unverständlich vor sich hin jammernd, so dass ich jeden Moment dachte, sie würde schlappmachen und wir müssten absteigen und die Räder schieben. Doch wir schafften es, und als wir die Einfahrt zu unserem Haus erreichten, hörte ich sie – gepresst und ihren normalen, selbstsicheren Tonfall nur sehr schlecht spielend – sagen: »Annika, wenn sie jetzt zu Hause ist, dann nehm ich ein heißes Bad und sie muss mir den Rücken massieren! Und wehe, sie macht das nicht ...«

Ich lächelte, aber nur kurz, denn schon öffnete meine Mutter die Tür und an ihrem Gesicht konnten wir ablesen, dass es mit der Massage nichts würde. »Ihr habt sie nicht gefunden, nein?«

»Nein.«

Meine Mutter nahm uns kurz in die Arme, nickte und sagte: »Ihr seid ganz nass. Duscht heiß und zieht euch um.« Sie lieh Steffi ein Handtuch und frische Sachen, woraufhin diese als Erste im Bad verschwand.

Ich ging in mein Zimmer. Dort fand ich in einer Ecke Ginies kleinen Rucksack. Während Steffi duschte, durchsuchte ich ihn in der Hoffnung, etwas Aufschlussreiches über das Mädchen zu erfahren, das meine Cousine war und um das ich mich sorgte. Doch der Inhalt war enttäuschend: Kleidung, Waschzeug, Discman, ein Roman, der von der Aufmachung her Steffi angesprochen hätte – aber kein Kalender, kein Tagebuch, nichts, das einen Hinweis auf ihr Verschwinden hätte geben können. Die einzigen persönlichen Dinge waren mein Willkommensbrief und ein Foto ihrer Mutter. Ich sah mir das in einer Klarsichthülle steckende Bild einen Moment an. Es musste an einem Sommertag in unserem Garten aufgenommen worden sein, im Hintergrund war meine alte Kinderschaukel zu sehen.

Krank sah sie ja eigentlich nicht aus. Eine schlanke, hübsche Frau in einem geblümten Sommerkleid, die höchstens ein bisschen ängstlich in die Kamera blickte.

Ich musste meine Eltern unbedingt mal nach ihr fragen. Ginie tat mir richtig Leid. Mein Onkel war schon in Ordnung und er liebte seine Tochter über alles, aber richtig trösten und mit ihr reden konnte er bestimmt nicht. Schon gar nicht, wenn er so viel unterwegs war. Vielleicht hatte Ginie gehofft in mir eine Freundin und Gesprächspartnerin zu finden. Immerhin hatte sie meinen Brief aufgehoben. Also hatte er ihr doch etwas bedeutet!

Ich seufzte. Wenn ihr bloß nur nichts passiert war! Wenn sie doch nur schon wieder da wäre!

Das Telefon klingelte. Ich nahm mehrere Stufen auf einmal, stolperte ins Wohnzimmer. Meine Mutter hatte die Hand auf den Hörer gelegt, aber noch nicht abgenommen. Steffi hockte mit um den Körper geschlungenen Armen auf der Kante des Sofas und starrte meine Mutter an. Die ließ den Blick nicht vom olivgrünen Apparat, verkrampfte die Hand, atmete so heftig, dass ich das Heben und Senken ihrer Brust unter dem T-Shirt sehen konnte. Ich dachte, wenn sie den Deckel eines Korbs mit giftigen Schlangen öffnen müsste, könnte sie nicht angestrengter aussehen. Es war das erste Mal, dass ich sah, wie meine Mutter Angst hatte. Wieder ein Klingeln. Sie riss den Hörer vom Gerät: »Senkel!«, rief sie viel zu laut.

Dann, mit normaler Stimme: »Ach, Ingrid, du.« Erleichterung. Schwerfälliges Plumpsen in den Sessel, ein Handgriff zur Nase, zu einem Päckchen Taschentücher auf dem Tisch. »Ja, es ist alles in Ordnung. Das heißt: Nein. Was rede ich denn? Nichts ist in Ordnung. Aber ich kann jetzt nicht mit dir sprechen, Ingrid. Meine Nichte ist verschwunden, es ist alles ganz furchtbar.«

Meine Mutter versuchte mit der freien Hand rasch ein Papiertuch aus dem Päckchen zu bekommen, bevor das

Nasenbluten einsetzte, sie legte den Kopf in den Nacken, aber es war schon zu spät, das Blut lief und tropfte auf ihr weißes T-Shirt.

»Lass mich mal, Mama!« Ich griff nach dem Telefon, wimmelte ihre Freundin ab und legte auf. Meine Mutter lief ins Bad. Ich folgte ihr, fragte sie durch die geschlossene Tür, ob sie Hilfe bräuchte.

»Nein, Annika, danke, ich komme schon klar«, antwortete sie, aber ihrer Stimme nach zu urteilen ging es ihr gar nicht gut.

Steffi war nicht besser dran. Ihr Gesicht war gleichzeitig rot vor Anstrengung und bleich vor Erschöpfung, so dass es eine ungesunde Scheckigkeit angenommen hatte. Die Haare waren ungekämmt und mein T-Shirt, das zwar unifarben rosa war, aber vorn und hinten deutlich unterscheidbare Kragenausschnitte hatte, trug sie falsch herum. Seit sie alt genug war, sich allein anzuziehen, war ihr so was nicht passiert, da war ich mir sicher.

»Was meinst du, was geschehen ist, Annika?«

Ich versuchte meine Gedanken zu ordnen.

»Ich glaube nicht, dass Ginie freiwillig fortgeblieben ist. Dafür gab es einfach keinen Grund. Wir waren nett zu ihr! Es muss ihr etwas zugestoßen sein. Aber was? Eine Entführung? Nein, wir sind doch nicht reich. Ein Überfall vielleicht? Ich hatte schon ein ungutes Gefühl, als wir ankamen, diese Spanner mit ihren Ferngläsern, ich habe die ganze Zeit an sie gedacht, habe mich beobachtet gefühlt, als ob ich eine Gefahr geahnt hätte.«

Steffi lutschte an ihrer Haarsträhne. »Was meinst du, wo Rüdiger so lange war?«

»Bitte, fang nicht wieder damit an«, sagte ich matt. Steffis Vorbehalte gegen Rüdiger waren mir unangenehm, ich wollte nichts davon hören.

»Ist es dir peinlich, was ich dir alles erzählt habe?«

»Was? Nein. Quatsch.«

»Ist es wohl. Ich seh's dir an. Du denkst, ich hätte meinen Schweinkram, meine Probleme und meine Paranoia für mich behalten sollen.«

»Aber nein.« Ich hatte einfach noch keine Zeit gehabt, darüber nachzudenken, es überhaupt zu kapieren.

»Doch!« Steffi stand verärgert auf, gestikulierte. »Doch, das ist es! Aber das ist mir jetzt auch egal! Mensch, Annika! Da draußen am See war'n lauter Perverse und jetzt ist deine Cousine weg. Ich hab Angst um sie! Ich bin durcheinander!«

»Ja, das verstehe ich doch.« Ich senkte den Kopf, verschlang die Finger ineinander.

»Wahrscheinlich ist Ginie wer weiß was passiert und uns hätte es auch passieren können!«

»Was glaubst du denn, woran ich die ganze Zeit denke.«

»Da kann ich ja wohl durcheinander sein!« Steffi schrie fast.

»Natürlich, ich sag doch gar nichts. Du bist plötzlich so aggressiv.«

Meine Mutter kam zurück, blass und mit einem nassen Tuch im Nacken. »Gibt's was Neues?«, fragte sie.

»Nein«, antworteten wir gleichzeitig.

Steffi setzte sich wieder. Meine Mutter ging in die Küche, nahm eine Tablette, kochte Kaffee. Ich hörte die vertrauten Geräusche, betrachtete die vertrauten Dinge im Wohnzimmer, das Aquarium mit den Fischen, die Fotos an der Wand, die bunten Buchrücken. Hier war ich zu Hause. Ich hätte es am liebsten laut gesagt.

»Ich bin gar nicht aggressiv«, sagte Steffi auf einmal. »Ich bin wütend auf *mich,* weil ich dir Sachen erzählt habe, die ich dir gar nicht erzählen wollte. Das ist alles.«

»Aber Rüdiger hast du davon erzählt«, konterte ich. Das war fies von mir, natürlich, aber ich war auch nur ein Mensch und mir wuchs das Ganze über den Kopf: Die ungehaltene Steffi, der ungeschickte Jonas, der unheimliche Rüdiger, der unbekannte Grabscher, der unbeholfene Vater, der durchdrehende Onkel, die nasenblutende Mutter – das waren einfach nicht mehr die Menschen, die ich kannte!

»Ja, das hab ich, und das war in jeder Hinsicht ein Fehler«, sagte Steffi bitter und so laut, dass meine Mutter es hörte und mit einem neugierigen Gesichtsausdruck wieder hereinkam.

»Nein, Mama, es gibt nichts Neues«, sagte ich vorsorglich. Ich wollte um jeden Preis vermeiden, dass Steffi ihr auch von ihrem Misstrauen gegenüber Rüdiger erzählte. »Steffi meinte nur, wir hätten wirklich lieber Eis essen gehen sollen, wie Paul es vorgeschlagen hat.«

Meine Mutter seufzte, sie hielt einen Moment inne, als wollte sie etwas Wichtiges sagen, sah mich mit feuchten Augen an.

»Mama?«, fragte ich. »Was ist?«

»Nichts.« Sie deutete kurz ein Kopfschütteln an, entspannte sich. »Es geht mir wieder besser. Guckt mal«, sie zeigte zum Fenster, »es klart auf. Das Gewitter ist vorbei. Vielleicht hat Ginie sich ja doch nur irgendwo untergestellt. Ich werde mit meinem Auto die Landstraße abfahren. Irgendetwas muss ich ja tun. Ihr bleibt hier, als Telefonposten sozusagen.«

»Muss das sein?« Das bedeutete doch für uns, dass wir schon wieder warten mussten. Ich war es langsam leid.

Wir tranken den Kaffee, schwiegen uns verlegen an. Keine von uns traute sich wieder mit einem Gespräch anzufangen. Ich sah alle fünf Minuten auf die Uhr. Irgendwann riefen wir Alexa auf dem Handy an, nur um zu erfahren, dass ihr am See nichts Außergewöhnliches aufgefallen sei und sie Ginie natürlich nicht gesehen habe. Sie wollte aber so bald wie möglich zu uns kommen.

Weiter warten. Hoffen, dass das Telefon klingelte, die Türglocke. Die Zeit verging unendlich langsam.

Freitag, 20 Uhr

»Wir haben wirklich alles abgesucht. Nichts.« Jonas kämmte sich mit den Händen die nassen Haare nach hinten.

»Tut mir Leid, Annika«, sagte Rüdiger, der hinter Jonas im Türrahmen stand und sich seine dreckigen Schuhe auszog. »Ich hoffe, es stört euch nicht, wenn wir reinkommen?«

»Natürlich nicht!«, rief ich, dachte mit Schaudern an die Szene vor dem Auto und nahm – es war eine Eingebung, eine Wiedergutmachung – Rüdiger rasch und kurz in die Arme. Er war kein Spanner! Er war unser Freund!

Rüdiger wurde verlegen, sagte verwirrt meinen Namen, lächelte linkisch. Steffi zog sich stumm ins Wohnzimmer zurück.

»Wir sind ziemlich fertig«, erklärte ich leise, holte zwei Handtücher und reichte sie den Jungen.

»Wir auch. Das ist ja auch ein Mist.« Jonas rieb sich sein Gesicht ab. »Dein Vater und dein Onkel sind noch draußen. Dein Onkel bringt sich um vor Sorge, er will am liebsten jeden Quadratzentimeter absuchen und das Wasser aus dem See lassen. Gut, dass deine Mutter noch gekommen ist, sie beruhigt ihn ein bisschen.« Jonas gab mir das Handtuch zurück, dankte mit einem Lächeln. »Ist ja auch 'ne schlimme Situation. – Steffi?«, rief er dann und ging ins Wohnzimmer. »Wo bist du? Hey, was ist los mit dir? Kopf hoch! Oh, ich bin ganz durchgefroren, krieg ich auch 'nen Schluck Kaffee?«

Rüdiger und ich blieben noch einen Moment im Flur stehen, er trocknete sich umständlich ab, unter dem T-Shirt, an den Beinen, die nackten Füße – und ich konnte mir denken, dass er es tat, um den Moment der Begegnung mit Steffi so lang wie möglich hinauszuzögern.

»Vorhin im Auto«, begann ich, »dass wir dich nicht gleich reingelassen haben, Rüdiger, das ... das hatte nichts mit dir zu tun ... wir waren einfach in so einer Hysterie und ...« Ich merkte selbst, wie unglaubwürdig und dumm mein Gestammel klang.

»Verstehe«, sagte er, »aber ihr solltet euch wirklich nicht so aufregen. Ihr geht gleich vom Schlimmsten aus. Dabei gibt es überhaupt keinen Hinweis darauf, dass ihr irgendetwas zugestoßen ist.«

»Ja, aber dann wäre sie doch hier, Rüdiger!«

»Sie könnte … vielleicht fortgelaufen sein.«

»Das glaubst du doch selbst nicht«, entgegnete ich niedergeschlagen. »Aber ich bin froh, dass du wenigstens nach außen hin die Nerven behältst. Danke.«

Rüdiger zwang sich zu einem schiefen Lächeln, gab mir das Handtuch zurück. »Ich hab da was von Kaffee gehört?«

»Komm!«, sagte ich.

Im Wohnzimmer hatte sich Steffi auf die Couch gesetzt, ihre Hände um einen Kaffeebecher geschlungen und stierte hinein. Jonas hatte sein T-Shirt ausgezogen, wrang es auf der Terrasse aus und hängte es über einen Gartenstuhl, der vor dem Regen geschützt unter einem Vordach stand. Rüdiger ließ sein Hemd an, es war nass und voller Sand, aber das schien ihn nicht zu stören. Er griff sich den Kaffee und setzte sich im Schneidersitz auf den Parkettboden an der Terrassentür.

»Und was machen wir jetzt?«

Niemand antwortete mir. Steffi versenkte weiter ihren Blick in die Tasse, Jonas ließ sich neben Rüdiger nieder, verschüttete den Zucker, stöhnte genervt auf.

»Sagt doch mal was«, forderte ich meine Freunde auf.

»Was!«, sagte Jonas, aber keiner verzog auch nur einen Mundwinkel über diesen alten Scherz.

»Wir können nur warten«, murmelte Rüdiger ohne den Kopf zu heben.

»Das stimmt nicht«, widersprach Steffi. »Wir können überlegen, wie es heute Nachmittag genau gewesen ist.«

»Wie meinst du das?«, fragte Jonas.

»Ist doch klar.« Steffi hob den Kopf und sah Jonas an.

»Ginie hat sich angezogen, weil sie mal musste. Sie wollte in den Wald. Dort war Rüdiger zu diesem Zeitpunkt auch.«

»Moment mal, ich war ja nicht da, wo Ginie hingegangen ist!«

»Dann erklär uns doch mal, wo genau du so lange warst und warum! Ich hab mir das nämlich ausgerechnet, Rüdiger. Du warst zwei Stunden weg.«

»Na und?« Rüdigers Stimme wurde schneidend.

»Ja, wo warst du?«, rief Steffi.

»Im Wald. Holz suchen. Das hab ich schon tausendmal gesagt.«

»Die ganze Zeit?«

»Ja.«

»Wolltest du Brennholz für ein Osterfeuer besorgen?«

»Ich habe mir eben Zeit gelassen. Außerdem habe ich mich ein bisschen verlaufen.«

»Du? Du läufst da doch ständig rum, hantierst mit Kompass und Karten, krabbelst durchs Gehölz ... auch abends, wie ich gehört hab ... Warum machst du das eigentlich so gern? Das wollte ich dich schon immer mal fragen!«

Rüdiger antwortete nicht, aber er sah Steffi aufmerksam an.

»Worauf willst du hinaus, Steffi?«, fragte Jonas.

»Auf gar nichts. Ich wundere mich nur: Rüdiger braucht zwei Stunden, um drei Zweiglein zu sammeln, und verläuft sich in einer Gegend, die er in- und auswendig kennt. Klingt für mich nicht gerade logisch, tut mir Leid.«

»Seit wann muss das für dich logisch sein? Das ist doch ganz allein meine Sache«, schnappte Rüdiger.

»Nicht mehr, seit Ginie verschwunden ist«, sagte Steffi scharf. »Fandest du sie eigentlich nett?«

Rüdiger sprang auf, kippte seine Tasse um, der Kaffee ergoss sich auf den Holzboden. »Was geht dich das an?«

»Was soll das, Steffi?«, rief jetzt auch Jonas. »Wird das ein Verhör?«

»Nein«, sagte Steffi harmlos. »Ich frag nur. Ich bin nur neugierig. Ich will zum Beispiel nur wissen, warum jemand so viel allein in der Weltgeschichte rumläuft.«

Rüdiger besann sich einen Moment, dann bückte er sich und versuchte die Kaffeepfütze notdürftig mit einem ohnehin schon nassen Papiertaschentuch aufzuwischen. »Ich denke nach, wandere, genieße die Natur.«

»Warte, ich hole einen Lappen!« Ich lief in die Küche und hörte Steffi hinter mir höhnisch lachen. »Wandern! Wer's glaubt, wird selig!«

»Du brauchst es ja nicht zu glauben!«, rief Rüdiger. »Was soll das? Willst du mir unterstellen, *ich* hätte Ginie etwas getan?«

Ich kam mit einem Lappen zurück, wischte den Kaffee auf. Steffi schwieg.

»Das gibt's doch nicht! Du verdächtigst mich?«, rief Rüdiger entgeistert. »Ich dachte, wir wären Freunde!«

»Das hab ich auch mal gedacht«, fauchte Steffi.

»Leute!«, sagte ich entsetzt.

»Was, bitte, habe ich dir getan?« Rüdiger kam nah an Steffi heran, die wich zurück, Jonas sprang auf und ergriff Rüdigers Arm.

»Sie meint's nicht so«, sagte er. »Das ist der Schock.«

»Glaub ich nicht, ich merk nichts von einem Schock. Sie sitzt hier rum und spielt den Profiler aus der Psychothriller-Serie. Sie sieht ja auch schon überall Serienmörder. Sie ist ja selber völlig durchgeknallt!«

»Ha, ha, ha!«, machte Steffi wütend.

»Hört auf euch zu streiten!«, schrie ich. »Wir müssen rauskriegen, was passiert sein könnte. Wer war da noch am See heute? Überlegt mal! Alexa und Florian, die Gruppe aus der Oberstufe ... Habt ihr sonst noch jemanden erkannt? Wir müssen die anrufen. Das hätten wir schon viel eher machen sollen! Wir fragen, ob sie etwas gesehen haben. Jonas! Los!«

Jonas verzog das Gesicht. »Die waren auf der anderen Seeseite, viel zu weit weg. Aber gut, ich ruf sie an: Michelle Plötz, Lukas Köster ... Habt ihr ein Telefonbuch?«

»Ja.«

Ich lief in den Flur. Ich musste für Beruhigung in unserer Clique sorgen. Ich musste Steffi zur Vernunft bringen. Ich musste endlich etwas Sinnvolles tun: Ginie finden.

Als ich zurückkam, fürchtete ich zuerst, Rüdiger sei vor Wut gegangen. »Wo ist er?«, fragte ich rasch. Jonas wies in den Garten. Ich drückte ihm das Telefonbuch in die Hand, trat über die Türschwelle. Rüdiger stand mit vor der Brust verschränkten Armen auf der Wiese und schaute in den Himmel.

Ich wollte zu ihm hingehen, tat es dann aber doch nicht, sondern blieb auf halbem Wege stehen. Ich konnte mich nicht um alles kümmern. Ich brauchte auch mal eine kurze Auszeit. Einmal durchatmen. Das tat gut.

Die Luft war frisch und angenehm feucht. Der Regen hatte ganz aufgehört, die Abendsonne blinzelte durch die Wolkenberge, die Amseln sangen, die dicken gelben und roten Blumen in den Beeten und Kübeln waren noch einmal aufgegangen.

Wenn Ginie doch nicht verschwunden wäre, wenn sie gar nicht erst gekommen wäre! Wir vier hätten glücklich und ganz unter uns auf der Terrasse grillen, etwas trinken, Lampions anzünden, Glühwürmchen und Sterne zählen und uns auf die Ferien freuen können. Ein weiterer Sommer mit dem Kleeblatt: gemeinsam zelten, wie geplant nach Amsterdam reisen, am See die Zeit vertrödeln. Wie jedes Jahr und immer so weiter.

Ich ahnte, dass diese Zeit vorbei war, aber ich wollte es nicht wahrhaben. Ich konnte nicht zu Rüdiger gehen und nicht zu Steffi und Jonas, ich konnte nicht Partei ergreifen, ich konnte nicht vor und nicht zurück, ich wollte noch alles zusammenhalten und ahnte doch insgeheim, dass ich nicht mein Leben lang nur mit den alten Freunden zusammen sein konnte. Am Horizont gab es noch andere.

Hinter mir hörte ich, wie Steffi flüsternd, aber doch so eindringlich, dass ich sie gerade eben verstehen konnte, auf Jonas einredete. »Woher willst du so genau wissen, dass er nichts über Ginies Verschwinden weiß? Vielleicht hat er ein bisschen nach schönen Mädchen Ausschau gehalten? Das tun da ja alle am See. Und er ist derjenige von uns, der am liebsten dorthin fährt.«

»Jetzt sei ruhig!« Jonas wählte eine Nummer.

»Und damals in der Hütte? Hat er da etwa nicht den Spanner gemacht?«

»Wie oft soll ich's dir noch sagen, er ist zufällig reingekommen und es ist ihm heute noch peinlich. Du hast
dich daran voll festgebissen, ich kenne … oh, hallo,
Frau Plötz, Jonas hier, ist Michelle zu Hause?«

Ich drehte mich um, ging zurück und führte dabei in
Gedanken Jonas' unterbrochenen Satz weiter: ›Ich kenne dich kaum wieder‹, hatte er wohl sagen wollen. Oder
drückte dieser Satz nur meine Empfindungen aus und
Jonas hatte stattdessen sagen wollen: ›Ich kenne Rüdiger
gut genug‹?

Michelle war noch nicht zu Hause, Lukas auch nicht.
Dessen Vater gab uns seine Handynummer, aber nur die
Mailbox sprang an. Wir hinterließen überall die gleiche
Nachricht: Sie sollten sich sofort bei uns melden.

»Was ist mit Alexa?«, fragte Jonas.

»Sie weiß nichts, hat sich mal wieder mit ihrem Ma-
cker gezofft«, sagte Steffi in dem Moment, als auch
Rüdiger gerade wieder das Wohnzimmer betrat. »Florian ist dann wohl beleidigt abgehauen. Alexa kommt
gleich her.«

»Das wissen wir doch schon, dass die sich gestritten
haben«, bemerkte Rüdiger. »Übrigens, Steffi, wenn Florian-Grobian zur Zeit von Ginies Verschwinden allein
und wütend durch den Wald gelaufen ist, müsstest du
ihn doch auch auf die Liste deiner Verdächtigen nehmen, oder nicht? Was sagst du dazu, Profiler?«

»Hier wird niemand verdächtigt«, sagte ich automatisch.

»Bist du dir da sicher?«, fragte Rüdiger.

Nein, das war ich mir ganz und gar nicht mehr.

»Annika, du musst Steffi nicht in Schutz nehmen. Es

wird nicht besser dadurch, dass du versuchst es schönzureden.«

»Ich verdächtige aber wirklich keinen, Rüdiger«, sagte Steffi überfreundlich. »Ich habe lediglich laut gedacht. Dein Verhalten ist mir einfach unheimlich. Das darf ich wohl sagen. Du sagst ja auch, was du denkst, und nennst den Freund meiner Schwester Florian-Grobian.«

»Das ist aber ein Spitzname, der von dir stammt«, warf Jonas ein.

»Ja, und? Der Typ wird bald mein Schwager, und wenn ich meine, ich müsste ihn so nennen, dann darf ich das auch. Andere dürfen das nicht!«

»Coole Logik.« Jonas verdrehte die Augen.

»So ist unsere Profilerin nun mal, selbstgerecht, wachsam und stets nur an der Sache orientiert!«, sagte Rüdiger, lachte und zeigte die Zähne.

Steffi kochte.

»O Mann, Leute, hört doch auf!«, sagte Jonas.

Ich hielt diesmal meinen Mund. Rüdiger hatte Recht, die Freundschaft zwischen ihm und Steffi ging den Bach runter, es war kindisch, das zu leugnen.

Es klingelte an der Haustür. Zur rechten Zeit! Was ein Glück! Wir sprangen auf. Erlöst, erwartungsvoll, erfüllt von Hoffnung. Wir rissen die Tür auf, alle gemeinsam. Jetzt würde es endlich Neuigkeiten geben! Jetzt ... Vor uns stand Alexa.

Einige Sekunden rührte sich niemand. Wir starrten uns an, als hätten wir uns noch nie gesehen. Die Erste, die die Sprache wiederfand, war naturgemäß Steffis Schwester.

»Was ist denn passiert? Ihr seht ja alle ganz furchtbar

aus! Steffi, bist du in Ordnung? Annika, du sagst ja gar nichts! Was ist mit deiner Cousine? Wie hieß sie noch mal? Ist sie wirklich verschwunden? Wie schrecklich! Wahnsinn! Was es nicht alles gibt! Wann? Wo? Warum? Wie lange? Wo habt ihr gesucht? Wieso nicht da? Warum habt ihr mich nicht gleich angerufen? Wo sind deine Eltern? Was sagen die? Wen habt ihr gesehen? Was habt ihr gehört? Was habt ihr gemacht? Was jetzt? Was seid ihr denn alle so fertig?«

»Du redest zu viel, Alexa«, sagte Rüdiger lakonisch.

»Ich?«, rief sie. »Ich versuche mir nur ein Bild der Situation zu machen. Wo bist *du* denn eigentlich gewesen, als Ginie verschwunden ist?«

Rüdiger blinzelte. »Im Wald«, sagte er langsam, aber so, als spräche er es als Frage aus.

»Im Wald also«, wiederholte Alexa nachdenklich und in einem Tonfall, der nichts Gutes verhieß.

Stille. Wir standen in der Küche. Die Uhr tickte. Auf dem Wandkalender stand unter dem heutigen Datum mit roter Schrift: »Ginie kommt!« Ich hatte es selbst geschrieben. Vor zwei Wochen.

Steffi kaute an ihrer Unterlippe. Jonas hatte sich weggedreht und sah mit zusammengekniffenen Augen aus dem Fenster.

»Rüdiger sagt, dass er sie nicht gesehen hat, und das glauben wir ihm auch«, erklärte ich.

»Okay, okay«, wiegelte Alexa ab. »Ich glaub ihm das auch, Annika.« Sie machte eine Pause, lächelte. »Aber er war nicht die ganze Zeit im Wald.«

»Was?«, riefen wir wie aus einem Mund.

»Allerdings.« Alexa nickte und erzählte dann, Rüdiger müsse zwischendurch mit seinem Mofa weggefahren sein, denn als sie nach ihrem Streit mit Florian den Trampelpfad entlanggelaufen war, habe es nicht bei den vier Fahrrädern gestanden.

In meinem Kopf ratterte es. *Das* hatte er uns nicht gesagt!

»Unmöglich!«, rief Rüdiger. »Das Mofa hat die ganze Zeit da gestanden, ich hab's nicht angerührt, ich war im Wald Holz sammeln! Du hast es übersehen, hast einfach nicht richtig hingeguckt!«

»Hab ich wohl, ich bin mir ganz sicher! Ich hab mich nämlich noch gewundert, warum du nicht bei deinen Freunden bist. Ich habe noch gedacht: Unglaublich, auch das Kleeblatt hat mal Zoff. Ja, ich habe mich sogar gefragt, ob's daran liegt, dass ihr ausnahmsweise mal zu fünft wart. Vielleicht klappt das nur in Büchern mit den fünf Freunden.«

»Laber nicht, Alexa. Ich war im Wald und das Mofa stand da. Du ... du hast es einfach übersehen!«

»Für wie blöd hältst du mich?«, rief Alexa eingeschnappt. »Wenn ich sage, es stand nicht da, dann stand es nicht da!«

»E-es st-stand d-d-doch da.« Rüdiger wurde rot.

Wir wussten alle, dass er es hasste zu stottern. Er hatte es schon lange nicht mehr getan. Schon gar nicht bei uns.

Bei uns, so hatte er immer gesagt, fühle er sich am allerwohlsten, da würde er nie stottern.

»O Mann«, fluchte Jonas leise. »Lassen wir's. Wir kriegen's eh nicht raus.«

»Meinetwegen«, lenkte Alexa ein, fügte aber trotzig

hinzu: »Aber ich weiß doch, was ich gesehen habe und was nicht.«

Rüdigers Gesicht glühte. Er öffnete den Mund, um noch etwas zu sagen, brachte aber nichts heraus.

Ich konnte nicht anders. Ich versuchte eine vermittelnde Geste, berührte Rüdigers Schulter, sagte: »Hey, ist ja gut.«

Er schnaufte, schob meine Hand aber nicht weg. Er stand einfach nur da und rang nach Atem.

Alexa sah jetzt, was sie angerichtet hatte. Sie senkte den Kopf, fixierte ihre Füße, zog die Zehen in den offenen Sandalen an, entspannte sie wieder. Trotz ihrer Verlegenheit konnten wir sehen, wie es in ihr brodelte. Sie war sich sicher, die Wahrheit gesagt zu haben.

»Vielleicht lügt Rüdiger.« Steffis Bemerkung schlug ein wie eine Bombe.

»I–i–ich lüge nicht!«

»Verdammt noch mal, Steffi!«, schimpfte ich.

»Wie kannst du's wagen, so was zu denken?«, brüllte Jonas.

»Was denke ich denn so Schlimmes?«, schrie sie. »Ich ziehe nur die einfachsten Schlüsse! Nur weil wir Freunde sind, kannst du mir nicht verbieten mein Hirn einzuschalten! Ich bin eben nicht so gutgläubig wie Annika! Ich habe meine schlechten Erfahrungen schon gemacht, Jonas!«

»Ach, du denkst einfach nicht nach! Was willst du denn immer sagen mit solchen Bemerkungen wie: ›Rüdiger war aber lange im Wald‹? Da müssen doch jedem die Ohren klingeln! Sollen wir Alexa auch mal fragen, wo Florian hingegangen ist?!«

Alexa horchte auf. »Wieso?«, fragte sie schneidend.

»Steffi ist unsere Kommissarin und wir sammeln gerade Alibis«, sagte Jonas, jetzt richtig in Fahrt. »Dein Freund ist doch beleidigt abgehauen. Wann war das? Wo ist er hin? Kann Florian-Grobian beweisen, dass er die ›süße Maus‹, wie er Ginie genannt hat, in der Zwischenzeit nicht vernascht hat?«

Das war heftig. Schnell warf ich Jonas einen Blick zu, wollte ihn stoppen, aber zu spät, es war heraus und Alexa konterte prompt: »Steffi, ist das etwa auf deinem Mist gewachsen?«

»Nein!«, piepste Steffi wie ein kleines Mädchen, das ausgeschimpft wird, und trippelte von einem Fuß auf den anderen. Sie wirkte auf einmal so verletzlich wie einige Stunden zuvor im Auto.

»Denkt doch mal nach, Leute«, versuchte ich zu besänftigen. »Wir machen uns große Sorgen, aber wir dürfen uns nicht gegenseitig bekriegen. Keiner von uns glaubt doch ernsthaft, dass jemand, den wir kennen, Ginie etwas getan haben könnte. Das ist doch so, oder, Jonas?«

Er fuhr sich durch die Haare. »Ja, Mann, das ist mir so rausgerutscht!«

»Steffi?«

»Hmmm.« Sie nickte widerstrebend.

»Rüdiger?«

»Ich h-hab das nie behauptet. Mich i-i-interessiert auch nicht, was Florian nach dem Streit mit Alexa gemacht hat.«

»Florian hat gar nichts gemacht!«, schrie Alexa. »Er ist wie immer in sein Auto gestiegen und wild durch die

Gegend gebraust! Nachdenken nennt er das und er wird es so lange machen, bis er sich eines Tages mal mit seiner Karre um einen Baum wickelt. Dann kann er abends nicht mehr ankommen und sich entschuldigen. Weil ich ihm dann nämlich auch nicht mehr helfen kann!«

»Jetzt beruhig dich doch, Alexa!«

»Ich hab schon meine Gründe, Annika. Ich weiß, dass ihr meinen Freund Grobian nennt. Einige Leute haben mich schon drauf angesprochen, ob an dem Namen was Wahres dran ist! Ob mein Freund gewalttätig wäre und so! Das ist nicht schön, sich das anhören zu müssen, das kannst du mir glauben! Auch wenn er manchmal zu impulsiv ist – Florian ist der liebste Mensch, den ich kenne, der tut keiner Fliege was. Und deshalb warne ich euch: Wer es wagt, meinen Freund jetzt noch einmal so zu nennen, der kann echt was erleben!«

Jonas verdrehte nur die Augen, aber Steffi schien von Alexas Drohung regelrecht eingeschüchtert zu sein. Sie kniff ihre Lippen zu einem schmalen Strich zusammen, wandte sich um, lief ins Wohnzimmer und verschwand durch die Terrassentür in den Garten. Alexa blieb noch einen Moment und sah uns feindselig an. Dann rauschte sie hinter ihrer Schwester her.

Eine Pause entstand. Wir entspannten uns. Jonas nahm sich ein Glas aus dem Schrank, drehte den Wasserhahn der Spüle auf, füllte es, trank es in einem Zug leer und füllte es ein zweites Mal.

»Gott bewahre uns vor solchen teuflischen Weibern.« Jonas hob das Glas. »Wie gut, dass Annika nicht so ist, was, Rüdiger? Darauf trink ich. Prost!«

Ich lächelte ein bisschen, schielte zu Rüdiger hinüber.

Der gab keine Antwort. Wahrscheinlich hatte er sich immer noch nicht wieder gefangen. Oder er dachte an die Szene beim Auto. Die war mir jetzt extrem peinlich.

»Wie spät ist es eigentlich?«, fragte ich, nur um etwas zu sagen, und drehte mich zur Küchenuhr um.

»Zwanzig vor neun«, antwortete Jonas frustriert.

Wieder gab es eine Redepause. Alexa und Steffi stritten im Garten, wir wussten nichts mehr miteinander anzufangen. Alles war so falsch.

Auf einmal sagte Rüdiger zu Jonas: »Ich habe Hunger. Du auch?«

»Bisschen.« Jonas war es offensichtlich unangenehm, in dieser Situation vom Essen zu reden, so nach dem Motto: Man lacht nicht auf einer Beerdigung.

»Soll ich uns mit dem Mofa schnell eine Pizza holen?«, fragte Rüdiger. Mir fiel auf, dass er sehr langsam und bedächtig sprach, so als fürchte er, dass sein Stottern jeden Moment wieder einsetzen würde.

Jonas zögerte, blickte in sein leeres Glas. »Von mir aus. Aber, du, Rüdiger, jetzt sag mal ehrlich: Du bist doch nicht wirklich weggefahren, oder?«

»G-glaubst du den Mist, den Alexa erzählt, jetzt auch?« Rüdiger starrte ihn an.

»Nein.« Jonas wandte sich zähneknirschend um, als wollte er sich überzeugen, dass Alexa und Steffi nicht mehr in der Nähe waren. »Aber wir müssen das Ganze noch mal in Ruhe durchsprechen«, fügte er ernst hinzu.

In Rüdigers Augen blitzte Panik auf. »W-wa-was willst du denn da noch b-b-b-besprechen?«, fuhr er Jonas an. Seine Stimme überschlug sich, seine Arme fuchtelten durch die Luft, seine Füße trampelten auf den

Boden. So außer sich hatte ich ihn noch nie gesehen. »Mensch, Jonas, wie, wie, wie lange kennen wir uns?!«

Jonas biss sich auf die Lippe, gab keine Antwort.

»Wie lange?«, wiederholte Rüdiger. »M-m-meine Güte! Da, da, da kann man sich wohl ein b-b-bisschen vertrauen! Oder nicht?«

»Das tun wir doch«, verteidigte ich Jonas, aber Rüdiger wehrte mich mit einer hektischen Handbewegung ab.

»Jonas! Jonas, glaubst du den Mist?«, fragte er überdeutlich und unter größter Anstrengung, sich nicht zu verhaspeln.

»Neeeiin. Natürlich nicht.« Jonas wand sich, trat dann auf Rüdiger zu und legte ihm kameradschaftlich seinen Arm um die Schulter.

»Es wird sich alles a-a-aufklären«, sagte Rüdiger.

Er bemühte sich vergeblich, ruhig und selbstsicher zu wirken. Als er wenige Minuten später das Haus verließ und auf sein Mofa stieg, konnte man sehen, wie mitgenommen er war. Unsicher schlingernd wie ein Fahranfänger schlitterte er die Auffahrt hinunter.

Hoffentlich baut er jetzt keinen Unfall, dachte ich. Das fehlte uns noch!

Eine Weile blieb ich draußen vor der Tür, saugte die Ruhe des Abends in mich auf. Die Rosen dufteten, die alte Katze von Meiers kam, um sich von mir unterm Kinn kraulen zu lassen, die Straßen trockneten bereits, nur da und dort erinnerten Pfützen und abgerissene Zweige an das Unwetter.

Ich lauschte dem Schnurren der Katze. Am liebsten wäre ich selbst eine geworden.

Unsere beiden Autos bogen in die Auffahrt. Ich richtete mich auf. Die Katze lief davon. Mein Onkel kam wieder als Erster auf mich zu, kurzatmig und stolpernd diesmal, lange nicht so kraftvoll wie vor einigen Stunden. Auch seine erste Frage war nicht ganz dieselbe. »Annika! Wo ist Rüdiger?«

»Rüdiger? Der ist gerade mit seinem Mofa los, um Pizza zu holen.«

»Pizza? Ginie ist verschwunden und ihr bestellt Pizza?«

»Paul, ruhig!«, rief meine Mutter, ergriff seine Schultern und schob ihn ins Haus. »Die Kinder müssen doch etwas essen. Und du musst dich jetzt wirklich ausruhen! Annika, hol ihm mal ein Glas Wasser! Paul, setz dich hierhin!«

»Wann ist Rüdiger gefahren?«, fragte mein Vater, der mit einem nachdenklichen Gesichtsausdruck hinterhergekommen war.

»Vor zehn Minuten«, antwortete Jonas.

»Dann muss er ja bald zurück sein!« Die Stimme meines Onkels klang drohend, er ballte die Fäuste, sah auf seine Armbanduhr, schob das Glas Wasser, das ich ihm reichen wollte, mit einer Handbewegung weg, so dass die Hälfte überschwappte. »Danke, ich will nichts. Ich bin nicht krank. Ich vermisse meine Tochter. Und ich will wissen, was dieser Kerl ...«

»Paul«, unterbrach ihn mein Vater, »du hast doch von der Polizei gehört, dass ein Zusammenhang mehr als unwahrscheinlich ist.«

»Das wird sich noch zeigen!« Mein Onkel fuhr hoch.

»Tatsache ist doch, dass ihn das verdächtig macht! Annika, was ist dieser Rüdiger für einer?«

Steffi und Alexa, die auf die Ankunft der Erwachsenen hin wieder hereingekommen waren, reckten hellhörig die Köpfe.

Ich sagte einfach: »Ein guter Freund.«

»So?« Mein Onkel drückte sich mit den Armen etwas von den Sessellehnen ab und starrte mich in halb geduckter, halb sprungbereiter Haltung an. »Wusstest du, dass dein ›guter Freund‹ mit einem Fleischermesser bewaffnet durch den Wald gelaufen ist?«

Ich spürte, wie sich mein Herzschlag beschleunigte. Mein Onkel fixierte mich weiter. Wie ein Raubtier sah er jetzt aus. »Ich habe sein Messer gefunden«, knurrte er. »Stell dir mal vor, Annika, ich renne durch den Wald, kämpfe mich durch das Gestrüpp, rufe nach Ginie, da steckt plötzlich dieses Messer vor mir in einem Baumstamm.« Er machte eine hastige Armbewegung. Ich zuckte zusammen. »Peng! So, als wär's gerade auf jemanden geworfen worden. Kannst du dir vorstellen, was das für ein Gefühl ist?«

»Sein Messer?«, hörte ich Jonas' Stimme.

»Sein Messer«, wiederholte mein Onkel und wandte sich an ihn. »Größer als jedes normale Taschenmesser, mit feststehender Klinge, nicht gerade ein Spielzeug. Deine Mutter hat gesagt, ihr hättet es ihm zum Geburtstag geschenkt. Nette Idee.«

»Hat Rüdiger euch gesagt, dass er es verloren hat?«, fragte meine Mutter ruhig.

»Nein«, antwortete Jonas tonlos und ließ sich an der Wand hinunter auf den Parkettboden rutschen.

Ich suchte ungläubig nach einer Erklärung, fand aber keine.

Steffi konnte nicht mehr an sich halten. »Frau Senkel, ich habe Annika vorhin schon erzählt, wie unheimlich sich Rüdiger manchmal benimmt!«, platzte es aus ihr heraus.

»Wieso?«, fragte meine Mutter erstaunt und mein Onkel setzte sofort nach: »Wie meinst du das?«

»Er treibt sich abends allein draußen rum, erschreckt Leute, guckt bei den Liebespärchen und ... Frau Senkel, man kann richtig Angst vor ihm kriegen!«

»Das heißt doch nichts, Steffi! Nur weil du ihn nicht leiden kannst ...«

»Wer sagt, dass ich ihn nicht leiden kann, Annika?«

»Und sein Mofa?«, meldete sich Alexa. »Er behauptet, er hätte es nicht benutzt, aber ich bin mir hundertprozentig sicher: Als ich an euren Fahrrädern vorbeigegangen bin, stand das Mofa nicht dabei!«

»Langsam, langsam, eins nach dem anderen!«, rief mein Vater, aber niemand beachtete ihn, alle redeten durcheinander:

»Er hatte den Schlüssel zu der Kette, er allein konnte das Mofa unbemerkt entfernen!«, rief Steffi.

»Aber er kann sein Mofa benutzen, wann er will!«, entgegnete ich. »Das Messer hat er wahrscheinlich einfach verloren!«

»Das Messer steckte in einem Baumstamm, Annika!«

»Ist doch komisch, dass er ausgerechnet heute sein heiß geliebtes Messer verliert und uns nichts davon sagt! Er passt doch sonst immer so auf seine Sachen auf! Hat er es nicht vermisst, oder was?«, fragte Alexa.

»Doch, hat er«, sagte Jonas traurig. »Als wir auf euch gewartet haben, habe ich ihn um das Messer gebeten, weil ich das Würstchenpaket damit aufschneiden wollte. ›Hab ich heut nicht mit‹, hat er gesagt und dann schnell von was anderem geredet.«

»Lüge!«, rief Steffi. »Er hatte es mit! Ich hab's genau gesehen! Annika, du musst es auch gesehen haben!«

Hatte ich es gesehen? War das heute gewesen und nicht gestern oder vorgestern? Ich wollte mich nicht festlegen. Steffis Blick durchbohrte mich. Es war heute. Ich nickte.

»Die Frage ist: Warum lügt Rüdiger?«, rief Alexa. »Erstens bleibt er unverhältnismäßig lange weg, zweitens verliert er sein Messer und erzählt nichts davon und drittens fährt er mit seinem Mofa, bestreitet es aber hartnäckig. Da stimmt doch was nicht!«

»Das glaube ich auch!« Die Stimme meines Onkels war leise und zittrig, aber unbedingt entschlossen.

»Moment, Paul, beweisen tut das noch gar nichts.« Meine Mutter hielt die Hand ihres Bruders umklammert, ihr Blick huschte Hilfe suchend hin und her. »Ich kann und will nicht glauben, dass ein Junge, den ich habe aufwachsen sehen und seit Jahren kenne, etwas mit dem Verschwinden meiner Nichte zu tun haben soll!«

Alexa sagte: »Die meisten Verbrechen werden von Angehörigen oder Freunden begangen, nicht von Fremden.«

»Ach, jetzt hört auf!«

»Annika, ganz ruhig!«, sagte mein Vater. »Ich will auch nicht, dass jemand Rüdiger vorschnell verdächtigt. Wir müssen jetzt einen kühlen Kopf bewahren und uns an die Fakten halten. Die Polizei hat das Messer sicher-gestellt, sieht zunächst aber keinen unmittelbaren Zu-sammenhang. Trotzdem werden sie es untersuchen. Au-ßerdem wollen sie die Möglichkeit nicht ausschließen, dass Ginie abgehauen ist.«

»Unsinn!«, rief mein Onkel. »Sie ist noch nie aus-gerissen! Nicht mal aus dem Internat! Und da hat sie sich wahrlich nicht wohl gefühlt! Aber selbst wenn sie so was vorgehabt hätte: Wie hätte das gehen sollen? Sie hat so gut wie gar kein Geld bei sich, sie kennt sich nicht in der Gegend aus. Sie hat nicht mal ihr Handy dabei!«

»Sie kann zur Landstraße gelaufen sein, um von dort zu trampen.«

»Ginie trampt nicht! Sie ist vielleicht nicht so klug und vorsichtig wie deine Tochter, Bernd, aber . . .«

»Was sollen jetzt diese albernen Eifersüchteleien?«

»Sie hat's ja auch nicht so leicht gehabt. Die ganze verdammte Geschichte mit ihrer Mutter . . .«

»Was hatte sie eigentlich?«, fragte ich dazwischen, aber in diesem Moment hörten wir Jonas düster sagen: »Wenn Rüdiger Ginie etwas getan hat, bin ich mit dran schuld. Ich bin der größte Idiot der Welt.«

»Was? Du?«, rief ich. »Was hast du damit zu tun, Jonas?«

»Ich habe ihm geraten etwas aktiver zu werden. Rüdi-ger ist ja so wahnsinnig schüchtern und verklemmt. Er leidet unter Minderwertigkeitskomplexen. Mich mögen die Mädchen, für ihn interessiert sich keine Einzige. Zu Hause ziehen die Eltern seinen Bruder Philipp vor. Und bis vor gar nicht allzu langer Zeit gab es immer ein paar fiese Typen, die den schüchternen Rüdiger nach Strich und Faden fertig gemacht haben. Allen voran dein Freund, Alexa, erinnerst du dich?«

»Das ist doch ewig her! Außerdem war das Spaß!«

»Spaß? Wenn ein Älterer an einem Jüngeren seinen Frust auslässt und ihn regelmäßig in die Mülltonne steckt?«

»Was hat denn das mit Ginie zu tun?«, rief mein Onkel ungeduldig.

»Das hat es schon«, beharrte Jonas. »Florian war heute auch am See. Rüdiger war bestimmt nicht begeistert, als er ihn gesehen hat. Dafür war er es umso mehr von Ginie. In die hat er sich, glaub ich, sofort verknallt.«

»Hab *ich* nichts von gemerkt«, rief Steffi. »Du hast dich doch die ganze Zeit mit ihr unterhalten, du warst es doch, der sie angehimmelt hat!«

»Ja und? Was soll ich denn machen? Soll ich mich verstellen und mich auch stundenlang stumm und steif wie ein Brett neben sie setzen, nur damit einer, der's Maul nicht aufkriegt, auch 'ne Chance hat, irgendwann mal ein Wort mit ihr zu wechseln?!«

Wir waren neugierig geworden. Mein Onkel hatte sich vorgebeugt. Mein Vater drängte: »Und weiter?«

»Ich glaube, ich habe einen großen Fehler gemacht«, sagte Jonas ernst. Im gleichen Moment hörten wir durch die offene Terrassentür das Geräusch eines herannahenden Mofas.

»Er kommt!«, sagte Alexa.

»Jonas!«, rief mein Onkel. »Raus mit der Sprache! Was für einen Fehler hast du gemacht?«

»Es kann sein, dass … Ich meine, er muss ja nicht gleich … ich glaube eher … Vielleicht hat er sie bedrängt, sie war wütend, ist abgehauen.« Jonas stützte die Stirn auf die geballte Faust, kniff die Augen zusammen. »O Mann, was habe ich nur gemacht?!«

»Was war los? Spuck's endlich aus!«

»Wir haben uns doch oben im Wald getroffen. Gleich nachdem ich losgegangen bin. Er war nicht in dem Gebiet, das er uns auf der Karte gezeigt hat.«

»Warum habt ihr das nicht eher gesagt?« Die Stimme meines Vaters wurde zornig und die Augen meines Onkels blitzten so, dass meine Mutter erneut seine Hand ergriff, um ihn zu beruhigen und zu bremsen.

»Es tut mir Leid! Ich hab zuerst gedacht, es wär nicht so wichtig!«

»Nicht wichtig?«, schrie mein Onkel.

»Ja! Es war ja nichts! Wir haben über Ginie geredet. Rüdiger war nicht gut drauf, weil er dachte, dass sie sowieso nur auf mich steht. Ich hab ihm gesagt, dass ich in eine andere verliebt bin und daher nichts von Ginie will. Er wollte mir nicht glauben, ließ so Sprüche los wie: ›Nicht so bescheiden, Jonas, du kannst doch jedes Mädchen haben, ich dagegen taug nur zum Holzholen!‹ Er war wirklich gefrustet, das war er in letzter Zeit öfter. Also hab ich versucht ihn aufzubauen. Ich hab ihm gesagt, dass er sich nur mal trauen, dass er die Sache nur mal selbst in die Hand nehmen müsse. Da haben wir Ginie ganz in der Nähe im Wald gesehen und ... Guckt mich nicht so an! Bitte! Es war nichts!«

Die Türklingel ertönte. Alle ignorierten das Geräusch. Jonas rang die Hände.

»Ich habe ihm gesagt, er soll sie ansprechen, wenn Annika und Steffi nicht dabei sind. Ich hab ihm noch auf die Schulter geklopft und viel Erfolg gewünscht. Dann hab ich ihn allein gelassen und bin in die andere Richtung zum Holzsammeln gegangen. Nachher, als sie nicht kam, da hat er gesagt, er sei nicht zu ihr hingegangen. Er habe sich nicht getraut.«

Einige Sekunden war es still.

»Und das hast du ihm geglaubt?«, fragte Steffi.

Die Türklingel ertönte zum zweiten Mal.

»Leute, da ist er«, flüsterte Alexa eindringlich. Ihre Augen waren geweitet, sie sah aus, als erwarte sie ein Monster vor der Haustür.

»Ich rede mit ihm!« Mein Onkel sprang auf, steuerte auf die Tür zu. »Er ist mir eine Erklärung schuldig!«

»Paul!« Meine Mutter eilte ihm nach. »Vergiss nicht, das kann alles Zufall sein! Lass den Jungen erst mal reinkommen.«

Rüdiger stand an seinem Mofa, hob gerade die Pizzakartons vom Gepäckträger.

»Abendessen«, sagte er fröhlich, erstarrte aber, als er die vielen finsteren Blicke sah. »Was ist los?«

»Ich habe dein Messer gefunden, Freundchen.« Mein Onkel versuchte mühsam seine Wut zu verbergen.

Rüdiger räusperte sich, kam heran. »M-mein Messer?«, fragte er mit belegter Stimme und drückte Jonas, der am nächsten zu ihm stand, den Stapel Pizzakartons in die Arme. »Ja und? Ich hab's verloren«, sagte er fest.

»Aber mir hast du gesagt, du hättest dein Messer gar nicht dabeigehabt!«, rief Jonas so aufgebracht, dass ihm zwei Kartons vom Stapel rutschten und zu Boden fielen.

»Pass doch auf!« Rüdiger war verärgert. »Ich mach

nicht für euch den Dienstboten und du lässt dann das Zeug fallen.«

»Verdammt noch mal, Rüdiger, es geht hier nicht um Pizza und Pipikram!« Mein Onkel explodierte, packte Rüdiger barsch am Kragen, zog ihn zu sich heran. »Du warst lange weg. Du warst in meine Tochter verknallt. Du warst vielleicht scharf auf sie. Du hast sie im Wald allein gesehen. Du hattest ein Messer. Du bist mit deinem Mofa weggefahren, vielleicht um Spuren zu beseitigen. Du lügst uns an.«

Rüdiger wurde blass. »N... n... nein!«, stotterte er.

»Hast du etwas mit dem Verschwinden meiner Tochter zu tun?«

»Nein! Ich w-weiß nicht, wie Sie darauf kommen! Es ist nicht *meine* Schuld, dass Ginie weg ist! Ich fand sie nett und ich ... ich hab mein Messer verloren, aber ich hab sie weder be-be-belästigt noch be-be-bedroht, ich ... ich ...« Er warf uns verzweifelte Blicke zu. »Wie k-könnt ihr nur auf so eine Idee kommen?«

»Weil du lügst und die Mädchen Angst vor dir haben.«

»Waaas?« Rüdiger befreite sich heftig aus dem Griff meines Onkels. »Wer sagt das?«

»Die drei Mädchen hier.«

»B-bitte??? Wer von euch hat Angst vor mir?« Er machte einen Schritt auf mich zu, ich stand am nächsten zu ihm, sein Gesicht kam nah an meins.

Meine Kehle war wie zugeschnürt. Ich wollte sagen: ›Ich, Annika, habe keine Angst vor dir, ich glaube dir.‹ Aber ich bekam kein einziges Wort heraus.

Rüdiger ging vorbei. Er traf auf den abweisenden

Blick Alexas, die Aggressivität meines Onkels, die ängstliche Unschlüssigkeit meiner Eltern, das Schweigen seiner besten Freunde. Nicht einmal ins Haus gebeten hatten wir ihn.

»Was g-geht hier eigentlich ab? G-glauben jetzt wirklich alle, ich hätte ihr was getan? Nur weil ich mein M-m-messer v-verloren habe? Nur weil ich Steffi mal beim Vögeln mit Jonas überrascht habe? Nur weil ich abends gern sch-sch-spazieren gehe und keinen k-kläffenden Köter dabeihabe wie Alexa? Nur weil ich nicht so'n Sch-Scht-Strahlemann bin wie Jonas? Weil ich am See war? Jonas war auch am See! Und dein Freund, Alexa, auch!« Plötzlich hatte er sich gefangen. Seine Sprache lief wieder flüssig und in gleichmäßigem Tempo und er brüllte so laut, dass die Nachbarn neugierig das Fenster öffneten. »Florian fummelt dauernd an andern Weibern rum, und zwar auch dann, wenn die das nicht wollen! Und er war heute doch auch lange im Wald, oder? Und tausend andere Typen waren allein im Wald, am See, in diesem spießigen Käsekaff hier! Wollt ihr wissen, wie viele Leute sich hier abends ganz legal im Spätprogramm die Pornos reinziehen? Ich wette, jeder Dritte! Aber ich – a-ausgerechnet ich – soll dieser überspannten Tussi an die Wäsche gegangen sein? Wo ist denn euer Opfer? Habt ihr schon ihren zerrissenen Schlüpfer gefunden oder was?«

Rüdigers Gesicht war rot vor Zorn, er packte sein Mofa, ließ den Motor an. »Wenn ihr sie gefunden habt, könnt ihr wiederkommen. Dann können wir darüber reden, was mit meinem Messer war, vorher nicht!«

»Bleib hier!«, sagte mein Onkel schroff.

»Wollen Sie mich festhalten?«

»Paul! Lass ihn!«, rief meine Mutter.

»Rüdiger, bitte«, sagte ich, »sie wollen doch alle nur wissen, was los war, du machst dich doch selbst verdächtig, wenn du ...«

»Ihr könnt mich mal! Ich fahr nach Hause! Ihr wisst ja, wo ich wohne!« Er schwang sich auf sein Mofa, wendete und brauste den Weg hinunter.

Wir starrten ihm nach. Mein Onkel rief noch, er solle es sich bloß nicht einfallen lassen abzuhauen, woraufhin ihm Rüdiger den rausgestreckten Mittelfinger zeigte, dann verschwand er aus unserem Blickfeld, das Motorgeräusch verebbte.

Freitag, 21.30 Uhr

Keiner hatte noch Appetit auf Pizza. Die Zeit schlich dahin. Zwei Polizisten kamen, stellten Fragen, nahmen ein Foto von Ginie mit und gingen wieder. Mein Onkel telefonierte ununterbrochen mit Leuten, die Ginie kannten und vielleicht irgendetwas wissen konnten. Alexa sprach über Handy mit Florian, bat ihn herzukommen.

»Er hat sie nicht gesehen. Ihm ist auch nichts Verdächtiges aufgefallen«, sagte sie und erntete stummes Nicken. Man hatte das auch nicht erwartet, es war eine allgemeine Niedergeschlagenheit und Kraftlosigkeit eingetreten.

Ich ging wortlos nach oben ins Badezimmer. Ein paar Mal schaufelte ich mir kaltes Wasser ins Gesicht, dann setzte ich mich auf die kalten Fliesen und weinte leise vor mich hin.

Was war das für ein Tag? War das wirklich noch derselbe Tag, an dem ich mittags hier unter der Dusche glücklich gesungen hatte?

Eine Woge von Elend und Selbstmitleid überrollte mich, aber bevor ich darin untergehen konnte, riss mich der Gedanke an Ginie wieder heraus. Wo mochte sie sein, während ich sicher und gesund zu Hause war? Wenn man mit irgendjemandem Mitleid haben musste, dann mit ihr!

Natürlich auch mit meinem Onkel, der erst seine Frau verloren hatte und nun verzweifelt nach seiner Tochter suchte. Und auch mit Rüdiger, der bestimmt ganz unschuldig unter Verdacht geraten war. Sogar ein bisschen mit Steffi, die mit Jonas so derb auf die Nase gefallen und dazu auch noch von irgendwem belästigt worden war. Dagegen waren meine Probleme doch pieselig. Ich krittelte an mir herum, weil ich kein lila Kleid, keine freche Klappe und keinen klasse Typen an meiner Seite hatte. Aber mich hatte wenigstens noch keiner angetatscht. Verflixt! Wen konnte Steffi nur gemeint haben?

Jemanden, den sie häufig sieht. Jemanden, mit dem Rüdiger auch ein Problem hatte. Mit wem sollte Rüdiger ein Problem haben? Moment ... Meinte sie ... War das ...?

Plötzlich fügten sich in meinem Kopf zwei Puzzleteile zusammen. Es war ganz leicht. So viele Jungen oder Männer, die mit uns schwimmen gingen, gab es nicht. Und nur einen, der Rüdiger früher fertig gemacht hatte. Der jetzt bei Steffis Eltern ein und aus ging. Den sie unmöglich solcher Übergriffe beschuldigen konnte, weil er der Freund von Alexa war: Florian-Grobian.

Ich verließ das Bad, stürzte die Treppen hinunter ins Wohnzimmer und traute meinen Augen nicht: Da stand er. Wegen des lauten Rauschens der Lüftung im Bad hatte ich ihn gar nicht kommen hören. Er war wohl schon einige Minuten da, hatte einen Strauß Rosen in der Hand und Alexa im Arm. Steffis Gesicht war wie eingefroren.

Ich spürte, wie sich meine Wut Bahn brach. »Dich suche ich gerade, Florian!«, rief ich.

»Tatsächlich? Und ich habe meine liebste Lexi gesucht. Weißt du, ich hab schon befürchtet, sie mag mich nicht mehr. Aber Gott sei Dank ist das nicht der Fall.«

Sein strahlendes Lächeln nahm mir einen Moment den Wind aus den Segeln. Selbst Steffi lächelte jetzt, wenn auch etwas gekünstelt.

»Du willst bestimmt wissen, wo ich war, Annika?« Florian nahm sich einen Stuhl, Alexa setzte sich auf seinen Schoß. »Ich hab's gerade schon gesagt, es tut mir Leid, es ist schrecklich, was passiert ist, aber ich kann euch nicht helfen. Ich bin nach der Meinungsverschiedenheit mit Lexi gleich zum Auto gegangen und zu meiner Oma gefahren. Sie liegt in Münster im Krankenhaus. Meine Eltern waren auch da. Tja, und da ich gerade beim Blumenkaufen war und dachte, dass das Leben viel zu kurz ist, um sich mit seiner Herzallerliebsten zu streiten …« Er führte den Satz nicht weiter, küsste Alexa.

Ich schwieg. Er hat ein Alibi, dachte ich. Und gleich darauf: Mein Gott, ich bin doch hier nicht in einem Krimi!

»Herzallerliebste«, hörte ich Steffi leise und abfällig wiederholen und meine Mutter, die die Ironie nicht registriert hatte, sagte: »Ja, ist das nicht süß.«

Steffi strich sich die Haare aus dem Gesicht, stand auf.

Unsere Blicke trafen sich. »Er war's«, sagte ich zu ihr, ohne darauf zu achten, ob die anderen es hören und mit Florian in Verbindung bringen konnten.

Steffi wusste sofort, was ich meinte. Sie wurde bleich. Aber sie nickte nicht, sagte nichts, sondern setzte nur noch einmal ihr maskenhaftes Lächeln auf, bahnte sich einen Weg zwischen den anderen hindurch, räumte die Pizzaschachteln ab, beförderte sie in den Mülleimer in der Küche und fragte höflich: »Könnte ich wohl bitte noch etwas zu trinken haben, Frau Senkel?«

»Natürlich.« Meine Mutter erhob sich. »Möchtest du auch etwas, Florian?«

»Gerne.«

»Er und Alexa wollen im Oktober heiraten«, sagte Steffi tonlos.

»Ist das wahr?«, fragte meine Mutter und strahlte. Für einen kurzen Moment schien sie ihre Sorgen um Ginie vergessen zu haben. Ganz im Gegensatz zu meinem Onkel. Er war verärgert über ihre Reaktion, verzog das Gesicht, griff zum Telefon, wählte, legte wieder auf, fluchte vor sich hin. Meine Eltern aber waren dankbar für die kurze Ablenkung und fragten begeistert: »Wirklich? Wann? So richtig in Weiß?«

Ich schwieg, sah Steffi an, die allein in der Küche stand. Ihr Gesichtsausdruck war kalt und verbittert.

In der Hoffnung, wieder an unsere Vertrautheit aus

dem Auto anknüpfen zu können, ging ich zu ihr und legte ihr einen Arm um die Schulter.

»Kann ich dir irgendwie helfen?«, flüsterte ich.

»Nein. Bitte, lass mich!« Sie schüttelte meinen Arm so schnell ab, als wolle sie auf jeden Fall vermeiden, dass die anderen etwas von unserem Dialog mitbekamen.

Die jedoch waren weit davon entfernt, etwas zu bemerken. Zuerst kam die Nachricht über die bevorstehende Hochzeit, dann, gerade in dem Moment, in dem die kurzzeitige Euphorie wieder abflaute, klingelte das Telefon.

Sofort hob mein Onkel ab. »Hallo? Wer? Lukas? Jonas hat dich angerufen?! Ja, heute Nachmittag. Du hast *was* gesehen? Bist du dir sicher?«

»Paul, was?«, rief meine Mutter.

»Danke, das war's erst mal.«

Mein Onkel warf den Hörer auf den Tisch, sein Kopf war augenblicklich knallrot geworden, er schnaufte.

»Das glaub ich nicht!«, rief er. »Der dreiste Kerl hat uns schon wieder belogen! Er hat sie angesprochen! Hat seinen Arm um ihre Schultern gelegt! Ein gewisser Lukas hat ihn mit ihr gesehen, er hat gedacht, die beiden seien ein Liebespaar! Da ist dieser duselige Lukas weitergegangen. Ein Liebespaar – ha! Jetzt kann der Junge sich nicht mehr rausreden, jetzt knöpf ich ihn mir vor!«

»Paul, warte!«, rief mein Vater entsetzt.

»Warten, worauf?«

»Wer denn überhaupt?«, fragte Florian.

»Na, wer wohl!«, brüllte mein Onkel und ich hörte Jonas Rüdigers Namen murmeln. Florian ließ ein ungläubiges Lachen hören und Alexa fauchte: »Wir haben's ja gleich gesagt: Rüdiger ist das Schwein!«

Meine Mutter griff sich das Telefon. »Ich rufe die Polizei an. Wir müssen sie informieren!«

»Wozu? Damit die wieder keinen Zusammenhang sehen? Damit die mir wieder erzählen, meine Tochter sei in einem schwierigen Alter? Ohne Mutter! Ohne Halt! Damit die ihn mit solchen Floskeln in Schutz nehmen?« Mein Onkel ergriff meinen Arm. »Du zeigst mir, wo der Typ wohnt! Komm, du hast sie schließlich mit ihm zusammengebracht!«

»Dafür kann Annika doch nichts!«, widersprach mein Vater heftig und lief hinter uns her.

»Ich sag euch, wenn er meiner Tochter was getan hat, dann gnade ihm Gott!«

»Das ist Sache der Polizei.«

»Das ist in allererster Linie meine Sache!«

»Es ist die Sache von uns allen«, rief Florian und hob kämpferisch die Faust, als gelte es in einen Rachefeldzug zu ziehen.

Alexa und Steffi schlossen sich an, verteufelten Rüdiger und beide erlaubten Florian sich bei ihnen unterzuhaken. Sieh an, im Kampf gegen das Böse waren sie wieder vereint. Angrabbeleien hin oder her, sie waren schon so gut wie eine Familie, da mussten sie zusammenhalten.

Jonas blieb niedergeschlagen zurück. Meine Mutter telefonierte aufgeregt mit der Polizei.

Die Spitze der Gruppe bildete mein Onkel, mich mal vorausschiebend, mal hinter sich herziehend, gefolgt von meinem Vater, der auf seinen Schwager einredete und verzweifelt versuchte ihn zur Vernunft zu bringen.

Ich stolperte, trat in eine Pfütze, bekam nasse Füße – egal. Die Tatsache, dass Steffi mit ihrer furchtbaren »Rüdiger-ist-mir-unheimlich«-Theorie Recht behalten sollte, wollte mir nicht in den Kopf.

In rascher Folge erinnerte ich mich an Augenblicke unseres gemeinsamen Lebens: an sein größtes Legohaus, sein blutiges Knie nach seinem schlimmsten Fahrradsturz, seine Tränen, als sein Hund von einem Auto überfahren worden war, seine schönste Holzfigur, die er mir geschenkt hatte, sein Butterbrot, das er mir in den Schulpausen tausendmal zum Beißen hingehalten hatte, weil ich die Marmelade, die seine Mutter selber machte, so gerne aß. Ich hatte den Himbeergeschmack im Mund, ich roch seinen Duft, der mir in die Nase gestiegen war, wenn wir uns aneinander festgehalten hatten. Wie oft hatten wir das getan, einfach so. Beim Lachen, beim Toben, beim Schlittenfahren zu Silvester, beim Inlineskaten, beim Tanzen auf den Schulfesten, beim Balgen im See.

Schon standen wir vor seinem Elternhaus. Sechs Personen, zu allem bereit. Sechs Personen, die sofort Aufklärung verlangten. Sechs Personen, die fast alle nur einen einzigen Gedanken im Kopf hatten: Rüdiger war's! Was auch immer. Er ist der Täter.

Wäre Rüdiger in diesem Augenblick wirklich daheim gewesen, wer weiß, vielleicht wäre die Situation eskaliert.

Doch Rüdiger war nicht zu Hause.

»Da seht ihr's! Er hat sich aus dem Staub gemacht!«, schrie mein Onkel und war nun so aufgewühlt, dass ihm die Tränen in die Augen traten und er sich an meinem Vater festhalten musste. Der wischte sich mit einer

Hand den Schweiß von der Stirn und winkte mit der anderen den Polizisten, die meine Mutter verständigt hatte und die fast zeitgleich mit uns eintrafen.

Rüdigers Eltern erschraken, als sie das Aufgebot von Nachbarn und Polizei vor ihrer Haustür sahen. Sie wussten nicht, wo ihr Sohn war, hatten ihn bei uns vermutet und seit dem Mittag weder ihn noch das Mofa gesehen. Als sie erfuhren, was vorgefallen war, waren sie sprachlos.

Der Vater fasste sich mit der Hand an den Magen und hielt sich am Türrahmen fest, die Mutter hatte die Augen aufgerissen und stammelte: »Aber ... aber das ist unmöglich, dass unser Rüdiger so was ... Er tut keiner Fliege was zuleide.«

»Das behauptet auch niemand«, versuchte der Polizist, der auch schon am See gewesen war, die Situation zu entschärfen. »Allerdings ist Ihr Sohn der Letzte, von dem wir wissen, dass er das vermisste Mädchen gesehen hat. Daher müssen wir dringend mit ihm sprechen.«

»Ich weiß nicht, wo er ist!«, rief die Mutter und blickte sich hektisch um. Leute gingen vorbei, glotzten, die ganze Straße hatte längst mitbekommen, was geschehen war.

»Wo könnte er denn sein?«, fragte ein anderer Polizist. »Ist Philipp vielleicht zu Hause?«

Die Mutter schüttelte den Kopf und sah immer wieder Hilfe suchend Rüdigers Vater an, der sich überhaupt nicht äußerte, sondern dazu übergegangen war, stumm vor sich hin zu starren.

»Vielleicht hat sich dieser Zeuge ja auch getäuscht und es war gar nicht unser Sohn, mit dem das Mädchen zusammen war«, flehte Rüdigers Mutter, als sie sah, dass ein zweiter Polizeiwagen auf der Straße hielt.

»Wir beschuldigen Rüdiger doch nicht«, sagte mein Vater verlegen, »wir kennen ihn doch auch schon so lange, Margret.«

Sie schluchzte laut. Das zu hören tat mir weh. Ich mochte Rüdigers Mutter gern. Sie war eine sanfte, stille Frau, die Einzige in unserer Siedlung, die aus ihrem Garten ein richtiges kleines Naturparadies mit Gartenteich und Wildblumenwiese geschaffen hatte, und im Winter fütterte sie liebevoll die Vögel. Ich fand es unfair, sie jetzt so zu überfallen. Sie hatte keine Chance, ihren Sohn zu verteidigen.

Auch mein Vater musste das so sehen, er erklärte: »Margret, das tut uns ja auch alles schrecklich Leid. Aber wir sind ja nur deshalb so aufgebracht, weil Rüdiger mit seinen Falschaussagen unsere Suche behindert.«

Daraufhin meldete sich zum ersten Mal Rüdigers Vater zu Wort: »Das macht er bestimmt nicht absichtlich. Lügen erzählen! Das ist doch überhaupt nicht seine Art. Bei uns hat er das jedenfalls noch nie gemacht.« Rüdigers Vater sah zu Jonas herüber, der mittlerweile hinterhergeschlichen war. »Jonas, du bist doch sein bester Kumpel. Sag du doch mal was! Du weißt doch, dass Rüdiger kein schlechter Kerl ist.«

Jonas wich verschüchtert seinem Blick aus. »Tut mir Leid, aber ich weiß auch nicht, was mit ihm los ist. Es ist schon komisch, ich ...«

»Komisch?«, rief Rüdigers Vater ungläubig.

»Ja, nein, ich weiß auch nicht ...« Jonas wand sich. »Es tut mir Leid.«

Rüdigers Vater starrte ihn an.

Ich fragte Jonas: »Mehr fällt dir nicht ein?«

Er antwortete nicht.

Auf einmal sah ich ihn in einem ganz anderen Licht: Jonas war gar nicht der starke, bewundernswerte Traumtyp, für den ich ihn immer gehalten hatte. Er hatte einfach Glück gehabt, er und seine Schwester waren Wunschkinder, die Eltern hatten viel Geld und interessante Berufe, die sie ausfüllten. Er sah gut aus, war intelligent und selbstbewusst, konnte sich alles leisten. Aber nun stand er da wie ein begossener Pudel. Er verteidigte Rüdiger, seinen besten Freund, mit keinem Wort. Auch wenn so viel gegen Rüdiger sprach, auch wenn Jonas sich mitschuldig an der ganzen Sache fühlte – er hätte doch zu ihm halten müssen!

Die Gruppe löste sich auf. Rüdigers Eltern zogen sich ins Haus zurück. Mein Onkel und mein Vater stiegen in den Polizeiwagen. Alexa und Florian trafen Freunde auf der Straße und verbreiteten die Neuigkeiten. Jonas, Steffi und ich waren allein und schlugen schweigend den Fußweg zu unserem Haus ein.

»Wartet einen Moment«, sagte ich. »Wir müssen Rüdiger finden. Wir sind seine Freunde, wir bringen ihn vielleicht zum Reden.«

Steffi gab ein Schnauben von sich, schüttelte den Kopf, ging weiter. »Er lügt doch eh nur.«

»Ich halte mich jetzt da raus«, sagte Jonas. »Ich habe ihn zwei Mal angesprochen, als wir Ginie im Wald gesucht haben. Zwei Mal hat er mir versichert, er sei nicht zu ihr gegangen. Mehr kann ich nicht machen! Ich weiß nicht, wo er jetzt sein könnte, und ich will es

auch nicht wissen. Den Mist hat er sich selbst einge-
brockt.«

»Du hast ihm aber gesagt, er sollte mal'n bisschen
aktiver werden!«

»Ja und?!« Jonas blieb so abrupt stehen, dass ich fast
gegen ihn prallte. »Was meinst du, wie ich das bereue?
Aber mit ›aktiver werden‹ meinte ich doch nicht, dass er
sie auf der Stelle flachlegen und abstechen soll!«

»Jonas!«, flüsterte Steffi, entsetzt über seine Aus-
drucksweise.

»Was denn?!«, fauchte Jonas wütend. »Das denkst du
doch auch die ganze Zeit! Du warst doch die Erste, die
das gedacht hat! Warum darf ich nicht mal offen sagen,
was Sache ist? Deine verdammte Verklemmtheit hängt
mir zum Hals raus! Bevor man dich mal küssen darf,
muss man dir ja erst ein Heiratsversprechen geben. Kein
Sex vor der Ehe, es sei denn … hopsa!«

»Du bist ein Arschloch, Jonas!« Steffi sah ihn hass-
erfüllt an.

»Ja, klar doch, Steffi. So behandelst du mich ja auch
die ganze Zeit! Was habe ich dir getan, hm? Du wolltest
es doch auch! Du fandest es doch auch schön und hast
mitgemacht. Was kann ich dafür, dass Rüdiger so ein
Idiot ist? Meinst du, für mich war das eine angenehme
Situation? Glaubst du, als Junge hätte ich keine Gefühle?!«

»Jedenfalls hast du anscheinend keine Gefühle mehr
für mich. Yasmin scheint ja jetzt deine Perle zu sein!«

»Sie ist jedenfalls ehrlicher und netter als du!«

Steffi schossen die Tränen in die Augen. »Du bist
gemein.«

»Ach, ich bin gemein? Wer hat mich denn wie ein Stück Dreck behandelt und wollte nicht mehr mit mir reden?«

»Hört auf zu streiten«, schritt ich ein. »Steffi hatte ihre Gründe.«

»Welche Gründe denn, bitte schön?«

»Es reicht! Wir haben andere Probleme!«

»Wir hören dann auf, Annika, wenn wir wollen!«, rief Steffi. »Du musst nicht schon wieder Streitschlichtung machen! Wir sind hier nicht in der Schule, Frau Oberschlau! Wir brauchen dich nicht als Mutterglucke, wir kommen gut ohne dich klar!«

»Ach ja? Und wegen Florian brauchst du mich auch nicht, nein?«, schoss ich zurück. Ich war in Rage, ich war verletzt und achtete nicht auf meine Umgebung, die Lautstärke meiner Stimme. »Zu mir kommst du, um dich auszuheulen, weil Florian dich betatscht hat, mir jammerst du was vor, aber dass ich was dagegen machen könnte, ist dir auch nicht recht!«

»Was? Wen soll Florian betatscht haben?«, schrie eine Stimme hinter mir.

Entsetzt drehte ich mich um. Alexa, Florian und die Freunde, mit denen sie gesprochen hatten, waren herangekommen. Auch die Nachbarn, vor deren Garten wir standen, hatten sich neugierig von ihren Terrassenstühlen erhoben.

Steffi spuckte Gift und Galle. »Du solltest es für dich behalten!«, fauchte sie, während gleichzeitig Tränenbäche über ihre Wangen liefen. Dann stürzte sie davon.

Alexa rannte ihr nach. »Ste-fa-nie!«, schrie sie. Die Silben klangen wie Peitschenhiebe, unter denen Jonas und ich zusammenzuckten. Er setzte sich auf eine niedrige Grundstücksmauer, verbarg den Kopf in den Händen. Ich stand da, hilflos, und mein Blick traf den Florians.

»Durchgedrehte Weiber«, sagte er. »Kaum kommt eine von diesen Zicken mal ein paar Stündchen nicht nach Hause, schon flippen die anderen aus und sehen überall Gespenster!

Gut, dass wenigstens du vernünftig bist, Annika. Du bleibst auf dem Teppich, du gehst immer straight auf dein Ziel zu.«

»Ja«, sagte ich langsam und dann tat ich etwas, das ich nicht überlegt, nicht beabsichtigt und noch nie in meinem Leben gemacht hatte: Ich scheuerte ihm eine.

Das war der Moment, in dem alles zusammenbrach.

Freitag, 22.40 Uhr

»Spinnst du oder was?« Florian brüllte, ballte die Fäuste.

»Was ist mit euch los? Ist euch die Hitze aufs Hirn geschlagen? Dreht ihr jetzt durch? Was soll das Gequatsche, ich hätte Steffi angemacht? Nichts hab ich! Ich bin schließlich mit Lexi zusammen! Mann, sucht diese blöde Kuh doch alleine!« Er drehte sich um, ließ uns stehen, stapfte fluchend in die Richtung, in die Alexa und Steffi gelaufen waren.

Ich sah ihm nach, stumm und selbst noch ganz überrascht von dem, was ich getan hatte. Seine Freunde standen noch einen Moment zusammen und tuschelten, dann folgten sie ihm.

Jonas, der mich mit großen Augen angestarrt hatte, erhob sich langsam von der Mauer. »Ich glaub, ich geh nach Hause. Ich muss das alles erst mal verdauen.«

»Und was ist mit Ginie und Rüdiger? Wollen wir sie nicht suchen?«

»Wir?« Jonas schüttelte den Kopf. »Nein, das überlass ich anderen. Ich tue hier heute gar nichts mehr. Ich hab das Gefühl, ich mache alles falsch.«

»Jonas, jetzt hau du nicht auch noch ab, bitte!«

Er zuckte die Achseln. »Sorry.«

Ich stand plötzlich allein auf der Straße. Nur der Nachbar und seine Frau guckten noch rüber, enttäuscht, dass das Schauspiel schon wieder zu Ende war.

Am liebsten wäre ich auch weggelaufen, hätte mich irgendwo versteckt und geweint. Gleichzeitig aber hatte die Ohrfeige bei mir etwas verändert. Ich war stolz auf mich. Ich war mutig und stark. Ich war kein Landei und keine Glucke. Ich war Annika Senkel und sie würden mich jetzt alle kennen lernen. Sie sollten sich in Acht nehmen mit dem, was sie mir an den Kopf warfen. Ich würde mich schon zu wehren wissen. Ich würde meine Cousine schon finden.

»Ach, das arme Mädchen!«, sagte die Nachbarin mitfühlend.

Ich wusste nicht, ob sie damit mich oder Ginie meinte, nur dass mich ihr mitleidiger Tonfall auf keinen Fall zum Weinen verführen durfte. Ich war kein armes Mädchen. Ich nicht. Ich fuhr mir mit beiden Händen durchs Gesicht, massierte es, dachte nach.

»Wo, sagt ihr, ist die Kleine verschwunden, am Silbersee?«

Ich nickte automatisch, sie würde es sowieso erfahren.

»Ist aus eurer Familie nicht schon mal jemand da verschwunden?«

»Nein!« Fast hätte ich gelacht.

»Aber sicher«, mischte sich der Mann ein. »Das hat dein Opa mir damals noch selbst erzählt! Das sollte möglichst keiner wissen, weil das ja nicht so 'ne feine Sache war.«

»Was?«, rief ich. Diese alten Leute hatten doch nichts anderes zu tun, als sich irgendwelchen Schwachsinn auszudenken!

Die Frau ergriff den Arm ihres Mannes. »Hans, komm, lass das Mädchen in Frieden. Wir gehen rein.«

»Ja, ja, an solche Sachen will man nicht erinnert werden, stimmt's?«, wetterte der Mann, bevor er von seiner Frau fortgezogen wurde. »Auch die soliden Senkels haben ihre Leiche im Keller, nicht wahr?!«

Ich stutzte, sah ihm nach. Mein Herzschlag beschleunigte sich. Er kannte meinen Namen. Er verwechselte mich nicht. Er redete nicht einfach irgendwas daher.

Aber das müsste ich doch wissen! Aus unserer Familie jemand verschwunden? Höchstens mein Hamster, der aus seinem Käfig getürmt und wahrscheinlich von Meiers Katze gefressen worden war.

Vergiss es, Annika!

Ich machte mich auf den Heimweg. Eine Leiche im Keller! Lächerlich! Etwa einen toten Goldhamster? Was meinte der Mann? Wer sollte denn verschwunden sein, ich vermisste niemanden außer Ginie!

Vor mir tauchte unser Haus auf. Alle Fenster waren erleuchtet. Auf den letzten Metern wurde ich langsamer, strich an der Ligusterhecke entlang, die unser Grundstück begrenzte, hob einen vom Sturm abgerissenen Zweig vom Bürgersteig auf, riss die Blätter aus.

In unserer Einfahrt parkte der Polizeiwagen. Hinter ihm, in der Dunkelheit, standen die drei Fahrräder. Steffi und Jonas hatten ihre noch nicht abgeholt, Ginies war wohl noch immer im Wald beim See.

»Wollte sie nicht an den See?« Warum hatte meine Mutter das gefragt, als sie uns im Auto angerufen hatte?

Ich näherte mich dem Haus. Aus dem auf Kipp stehenden Küchenfenster drangen laute Stimmen. Ich musste einfach lauschen, es ging nicht anders.

»... mit den Mädchen offen sprechen müssen, Paul! Ich wollte das die ganze Zeit schon tun, wenn du nicht gesagt hättest ...« Das war meine Mutter.

»Mein Gott, Katrin, das eine hat doch mit dem anderen nichts zu tun! Komm mir jetzt nicht mit den alten Geschichten! Die einzige Gemeinsamkeit hier ist, dass mir dieser verdammte Ort, dieses verdammte Baggerloch Unglück bringt. Ich hätte nicht zurückkehren sollen, und wenn du mir nicht immer gesagt hättest, dass ich herkommen und Ginie zu euch bringen soll, dann hätte ich das auch nicht getan!« Das kam von meinem Onkel.

»Sind Sie denn sicher, dass Ihre Tochter nichts von diesen Zusammenhängen weiß?«, fragte eine fremde Stimme, wahrscheinlich die eines Polizisten.

»Hundertprozentig!«, fuhr mein Onkel auf. »Hätte ich sie sonst mitgehen lassen?«

Schweigen. Ein Telefon klingelte, eine Tür wurde geschlossen, jemand schnäuzte sich die Nase. Ich lehnte mich mit klopfendem Herzen an die Mauer des Hauses. Die Steine waren angenehm kühl und feucht, ein Nachtfalter flog direkt vor meinen Augen vorbei und hinterließ mit seiner zarten Berührung ein Kribbeln auf meinem Gesicht.

»Annika Senkel«, flüsterte ich – es war mir in diesem Moment wichtig, meinen Namen auszusprechen –, »offenbar bist du dein Leben lang mit Scheuklappen vor den Augen in der Welt herumgelaufen. Zumindest scheint es seit Ginies Verschwinden nur noch Dinge zu geben, von denen du nichts weißt.«

Ein paar Minuten stand ich so, enttäuscht, traurig, untröstlich. Auch meine Eltern waren also nicht so ehrlich, wie ich geglaubt hatte. Sie hatten mir nicht alles gesagt. Etwas ganz Wichtiges hatten sie mir vorenthalten.

Die Stimme der jungen Polizistin drang aus dem offenen Fenster: »Walter, ich hör gerade, wir haben das Mofa von diesem Jungen entdeckt. Es steht in der Schulstraße, gleich hinterm Bahnhof. Von ihm selbst keine Spur. Vielleicht ist er wirklich getürmt. Hat den erstbesten Zug in die Niederlande genommen.«

»Hältst du das für wahrscheinlich? Du kennst doch den Bruder und die Familie.«

Was die Polizistin über Rüdigers Verhalten dachte, erfuhr ich nicht. Es war mir egal. Ich hatte genug gehört. So leise wie möglich zog ich mein Fahrrad zwischen denen von Jonas und Steffi hervor.

Es war ein Trost, dass es auch Dinge gab, die ich besser wusste als meine Eltern und die Polizisten. Wenn Rüdigers Mofa in der Schulstraße hinterm Bahnhof stand, dann war sonnenklar, wo er sein musste. Ich stieg auf mein Rad. Bevor ich losfuhr, hörte ich drinnen meine Mutter fragen, ob jemand wisse, wo ich eigentlich sei.

»Die hat doch ihre Freunde, macht euch jetzt nicht auch noch wegen Annika verrückt!«, sagte mein Vater, aber da lag er falsch: Die alte Clique gab es nicht mehr.

Um diese Zeit war der kopfsteingepflasterte Marktplatz menschenleer. Der Ort wirkte komplett ausgestorben. Nur das summende Geräusch meines Trafos war zu hören, als ich an dem alten, angestrahlten Rathaus vorbei auf den Bahnhof zufuhr. Vor dem Eingang stand ein Polizeiwagen, aber das musste nichts bedeuten, der stand öfter mal da.

Ich ließ mich durch die Unterführung rollen, bog hinter dem Bahnhof in die Schulstraße ein. Das Mofa parkte auf der Seite des Bahnhofs, aber das konnte mich nicht ablenken. Rüdiger war hundertprozentig nicht mit dem Zug fortgefahren. Er musste die Straße überquert, den Weg über das Brachgelände neben dem neuen Einkaufsmarkt genommen und zur alten Grundschule gegangen sein.

Das Gebäude stand seit Jahren leer und sollte abgerissen werden, aber da die Stadt bisher keinen Investor für das Gelände gefunden hatte, stand unsere ehemalige Grundschule nun mit eingeschlagenen Fenstern und aufgebrochenen Türen da und verfiel von Tag zu Tag mehr.

Ich schob mein Rad über den zuwachsenden Schulhof, stolperte über Risse in den Asphaltplatten, wunderte mich, dass die Torwand noch stand. Für Kinder war das Gelände ein genialer Abenteuerspielplatz. Auch Rüdiger hing an diesem Ort, wenn er sich irgendwo versteckt hielt, dann hier.

Ich lehnte mein Rad an einen Baum, überlegte, ob ich es abschließen sollte, ließ es aber bleiben. Es konnte ja auch sein, dass Rüdiger gar nicht hier war und ich mich mal wieder geirrt hatte. Dann würde ich gleich wieder fahren. Oder aber er war hier und ich hatte mich geirrt, was seine Unschuld anging. Dann müsste ich flüchten können. Schnell.

Ich zögerte. Konnte ich mich auf mein Gefühl verlassen?

So viele Dinge sprachen gegen Rüdiger.

Ich ging ein Riesenrisiko ein.

Leise näherte ich mich dem Gebäude. Der Flur wirkte dunkel und Furcht einflößend. Mein Herz schlug schnell, als ich die Tür aufstieß. Sie knarrte. Es stank. Unter meinen Schuhsohlen knirschten Glassplitter. Sehen konnte ich nur das Nötigste: das ausladende Treppenhaus, die Gänge rechts und links zu den Klassenräumen, die breiten Schriftzüge auf den Wänden. Einer lautete: *Jonas, I love you forever! Yasmin.*

Als ich das las, konnte ich nicht anders, ich musste einfach laut lachen. Es tat so gut, an Yasmin zu denken! An ihr Wimpernklimpern und Wangenküssen, ihr portugiesisches Fluchen, ihr Hinternwackeln, ihr lila Kleid.

»Was machst du denn hier?!« Rüdiger polterte plötzlich die Treppe herunter. »Hau ab, ich will keinen von euch sehen!«

»Da steht: Yasmin ist in Jonas verknallt.«

»Ja und? Kennst du jemanden, der nicht in euren Supermann verknallt ist?«

»Ja.« Ich lachte immer noch. »Mich. Und wirklich super find ich ihn auch nicht.«

»Annika, was willst du? Hast du keine Angst, dass ich gleich über dich herfalle wie über die arme, kleine Ginie?!«

Mein Lachen hörte schlagartig auf.

»Eigentlich nicht, sonst wär ich nicht hier. Ich will endlich von dir wissen, was passiert ist. Wir waren schließlich mal Freunde.«

»Ha ha ha!« Jetzt lachte Rüdiger. »Meine *besten Freunde* verdächtigen mich einem Mädchen was getan zu haben! Das muss man sich mal vorstellen!« Dann fügte er mit leiserer, wuterstickter Stimme hinzu: »Gerade schalte ich mein Handy ein und meine Mutter ruft an. Sie muss die ganze Zeit schon versucht haben mich zu erreichen, war völlig aufgelöst, wollte immer nur wissen, ob ich *es getan* hätte. ›Was?‹, hab ich gefragt. ›Was soll ich getan haben?‹« Er drehte sich um und stürmte die Treppen in den ersten Stock hinauf. Die letzten Worte schrie er. »Hau ab!«

Langsam stieg ich die Stufen hinauf. Oben waren noch mehr Scheiben eingeschlagen und das Flutlicht vom Supermarkt schien in die Räume. Rüdiger saß auf dem Fußboden eines Klassenzimmers, hatte den Kopf an die Wand gelegt und die Augen geschlossen. Über ihm sah man noch die Verfärbungen an der Wand, an der früher mal die Tafel gehangen hatte. Neben ihm auf dem Boden standen zwei Flaschen Bier und eine halb leere Schachtel Pommes frites.

»Darf ich?«, fragte ich und setzte mich neben ihn ohne auf eine Antwort zu warten. Er schwieg.

Ich sah mich im Raum um. Er war mindestens genauso verwüstet wie der Eingangsbereich, aber auf der uns gegenüberliegenden Wand konnte man noch die Reste eines Landschaftsbildes erahnen, das die Schüler irgendwann mal an die Wand gepinselt hatten. Es zeigte Kinder, die ausgelassen an einem Seeufer spielten und badeten, über ihnen lachte eine gelbe Sonne mit rotem Mund.

»Hast du gut ausgesucht hier.«

»Zufall«, sagte Rüdiger knapp, ohne die Augen zu öffnen.

»Das war im ersten Schuljahr unser Klassenraum, oder?«

Rüdiger knurrte. »Was willst du noch?«

»Hab ich doch gesagt.«

»O Mann! Du glaubst mir doch genauso wenig wie alle andern!« Er stand auf, rannte ein paar Runden sinnlos im Raum herum, setzte sich dann wieder und nahm einen Schluck aus der Bierflasche. »Vorhin vor eurer Haustür hast du jedenfalls nicht zu mir gestanden.«

»Ich weiß, und das tut mir sehr Leid«, sagte ich zerknirscht. »Ich hab mich einfach nicht getraut.«

»Du brauchst dich nun wirklich nicht zu bemitleiden, du hast am wenigsten Probleme von uns allen. Ich mache mich ja schon verdächtig, wenn ich mal allein spazieren gehe.«

»Steffi sagt, du hättest bei den Liebespärchen geguckt.«

»Blödsinn!« Rüdiger brauste auf. »Ich hab einfach ein Talent dafür, zur falschen Zeit am falschen Ort zu sein!

Ich bin eben gerne draußen. So hab ich das ein oder andere Liebespaar überrascht. Aber wie soll das auch ausbleiben? Die Natur muss man hier ja mit der Lupe suchen! Außerdem sollte man sich mal fragen, warum die ganzen Pärchen sich überhaupt draußen im Dunkeln rumtreiben müssen!«

Ich wartete. Rüdiger trank die Flasche aus, stellte sie weg.

»Ich weiß echt nicht, warum du hier zu mir kommst, allein und mitten in der Nacht, wenn deine ganze Sippe im Dreieck tickt.«

»Ich glaub nicht, dass du ihr was getan hast.«

»Oh, das ist aber nett!« Rüdiger trat gegen die leeren Bierflaschen, die klackernd über den Boden rollten.

»Ich glaub, dass es noch andere Gründe für ihr Verschwinden geben kann, es muss ja nicht ...«

»Welche Gründe?«

»Ich weiß nicht, ist so'n Gefühl.«

»Ich habe Ginie aber im Wald getroffen.«

»Ja, Lukas hat euch gesehen.«

»Und ich habe mein Mofa benutzt, um sie wegzubringen.«

Mir wurde mulmig. Es stimmte also doch. Er hatte uns alle angelogen.

»Und mein Messer habe ich auch heute verloren.«

Ich schluckte. Was sollte das? Wollte er mir Angst machen? War das ein Test?

»Ja und?«, fragte ich so frech wie möglich.

»Die Wahrheit wird dir nicht gefallen, fürchte ich.«

»Mir gefällt so vieles nicht.«

»Du bist ja echt cool.« Er lachte kurz in sich hinein.

»Also gut. Ich war gerade ein paar Minuten im Wald, da holte mich Jonas ein. Er fing sofort an über Ginie zu reden. Wie attraktiv und sexy sie sei. Den hat's aber erwischt, dachte ich zuerst. Aber dann hab ich kapiert, dass er es ganz anders meint – sie sei doch genau die Richtige für *mich*. Absurde Idee!

Ich ließ ihn stehen. Er lief hinter mir her. Es passte mir nicht, mir ging sein Gerede auf den Zeiger. Ich wollte ihm das gerade sagen, da haben wir das Schluchzen gehört.«

»Ginie hat geweint? Das hat Jonas uns gar nicht erzählt!«

»Hat sie aber! Sie saß auf einem umgestürzten Baumstamm, hatte den Kopf in den Händen vergraben und uns nicht bemerkt. Jonas wollte, dass ich hingehe und sie tröste. Nicht aus Menschenfreundlichkeit! Nein, als Mittel zum Zweck, als gute Gelegenheit, um an sie ranzukommen. So ist er, unser charmanter Strahlemann!

›Rüdiger‹, sagte er zu mir, ›du kannst Mädels nicht immer nur mit Blicken anschmachten und dann, wenn sie endlich mal zurückgucken, rot werden und im Boden versinken. Rüdiger, du musst auch mal was tun, was riskieren! Wenn du sie tröstest, findet sie dich nett und verständnisvoll und dann hast du so gut wie gewonnen! Los, Rüdiger, jetzt schnapp sie dir schon!‹«

»Das hat er nicht wirklich gesagt?!«

»Und ob! Mein Fehler war nur, dass ich ihm nicht gleich gefolgt bin, als er gegangen ist. Warum, weiß ich auch nicht. Vielleicht war ich ja doch ein bisschen in Ginie verliebt? Sah ja nicht schlecht aus in ihrem engen roten T-Shirt mit den schwarz glänzenden Haaren. Ich hab wirklich überlegt, ob ich hingehe und sie tröste, hab mich aber nicht getraut und sie nur blöd angeglotzt. Da hat sie sich plötzlich umgedreht, gemerkt, dass jemand hinter ihr steht, und sich furchtbar erschrocken. Deshalb hat sie auch so geschrien.«

»Geschrien?«

»Ich hab nichts gemacht! Aber ich bekam kein einziges Wort heraus und sie legte sofort mit Vorwürfen los: ›Was fällt dir ein mich so zu erschrecken? Machst du das öfter, heimlich Mädchen begaffen? Holst du dir dabei einen runter oder was? Wie lange stehst du schon da? Die ganze Zeit? Das gibt's ja wohl nicht! Hat man hier denn nirgends seine Ruhe? Das ist ja die Hölle!‹

Ich war total verblüfft, wusste gar nicht, wie ich mich gegen ihren Wortschwall wehren sollte und hab rumgestammelt wie'n Idiot.

Sie hat mir gar nicht zugehört. Hat sich in Rage geredet. Irgendwelches wirres Zeug, das ich nicht verstanden hab. Im Nachhinein bin ich mir gar nicht mehr sicher, ob's überhaupt was mit mir zu tun hatte. Aber in dem Moment hab ich's natürlich auf mich bezogen. Ich habe versucht ihr zu erklären, warum ich da gestanden habe. Sie hat mich ausgelacht. Ich kam mir nur blöd vor. Ich fühlte mich wieder wie der st-stotternde Junge, den Florian-Grobian zum Spaß in die Mülltonne stecken konnte.«

»Und was hast du gemacht?«, flüsterte ich.

»Was meinst du?«

Ich schwieg. Das Weiß von Rüdigers Augen leuchtete in der Dunkelheit. Ich wusste nicht, wie spät es war, viel zu spät, Ginie war vielleicht tot und Rüdiger, der sie zuletzt gesehen hatte, saß allein mit mir in einem dunklen Abbruchhaus.

»Was meinst du?«, wiederholte er und schob sich näher an mich heran. »Sie hat mich er-erniedrigt, ich hab im Affekt gehandelt. Hab sie zum Sch-schweigen gebracht?«

Ich drückte meinen Rücken an die Wand. Rüdiger rutschte noch näher. »Ich hab, ja genau, ich hab mein M-messer genommen und …« Er streckte seinen Zeigefinger aus, fuhr an meinem Hals entlang.

»Hör auf mit dem Scheiß!«, rief ich und sprang auf. Meine Stimme klang wie ein Kreischen, mein Brustkorb hob und senkte sich.

Rüdiger blieb auf dem Boden sitzen.

»Nichts hab ich gemacht«, sagte er.

Ich rang nach Luft.

»Ich hab's einfach ausgehalten, Annika. Irgendwann ging ihr Gelächter wieder in Schluchzen über. Sie hat geheult wie ein Schlosshund.«

Rüdiger machte eine Pause, ich sammelte Spucke in meinem Mund. Jetzt hätte ich gerne etwas getrunken, wenigstens einen Schluck Wasser.

»Ich war erleichtert, obwohl es für mich un-unmöglich war einzuschätzen, was in ihr vorging. Trotzdem bin ich auf sie zugegangen. Das war einfach ein Impuls: Jemand bricht zusammen, also gehst du hin und versuchst zu helfen, egal, wie schlecht es dir selbst geht. Ich bin also hin, hab mich neben sie gesetzt und den Arm um sie gelegt. Sie hat geheult und geheult. Ich dachte schon, die hört nie mehr auf. Dann aber sagt sie auf einmal zu mir, ich soll ihr helfen.«

»Helfen? Wobei?«

»Sie wollte weg.«

»Weg? Warum denn?«

»Das habe ich sie natürlich auch gefragt! Sie sagte, es sei ihr bei uns einfach unerträglich. Unser blödes Baggerloch, unsere spießige Clique, der ganze Familienscheiß.«

»Na, klasse!«, rief ich lahm.

»Ja, aber das war nicht alles. Das war irgendwie nur so vorgeschoben. Sie war völlig durchgeknallt. Wollte von mir wissen, wie das mit dieser ertrunkenen Frau genau war, wollte mein Messer haben, wollte Geld, wollte, dass ich sie mit dem Mofa zum Bahnhof fahre ... Annika, deine Cousine tickt nicht richtig, die ist völlig durch den Wind!«

»Das kann nicht sein! Sie machte doch einen ganz normalen Eindruck! Bisschen gelangweilt, bisschen zurückhaltend, aber ...«

»Zurückhaltend? Total fordernd war die! Angemacht hat sie mich, ist mir fast auf den Schoß gerutscht. *Ich* war das Opfer, sie hat *mich* bedrängt.«

»Bitte?«

»Ja, Annika!« Rüdigers Stimme wurde laut. »Es war genau umgekehrt! Sie hat sich mir an den Hals geworfen, hat gebettelt, gefleht, geweint. Sie hat mich ganz kirre gemacht damit! Hat gesagt: ›Bitte, bitte, Rüdiger, du musst mir helfen, ich kann hier nicht bleiben, ich muss hier weg!‹

Wegen ihr hab ich mein Messer verloren! Sie wollte es unbedingt haben, und als ich ihr gesagt hab, dass sie's nicht kriegt, hat sie's vor lauter Wut gepackt und in den nächsten Baum geschleudert. Deine verrückte Cousine hat mich so fertig gemacht, dass ich's da schlichtweg vergessen hab. Kannst du dir jetzt vielleicht vorstellen, wie durcheinander ich selber war? Es ist mir erst wieder eingefallen, als Jonas mich danach gefragt hat!«

»Aber warum wollte sie denn weg?«

»Ich hab keine Ahnung, aber ich war froh, als ich sie endlich los war, das kannst du mir glauben! Ich meine, sie hat mir auch Leid getan, so ist es ja nicht. Sonst hätte ich das ja nicht gemacht. Ich hätte ja auch sagen können: Mach doch deinen Mist alleine! Aber sie war so ... so ... ich weiß nicht, sie war so am Boden zerstört und gleichzeitig so voller Angst und Wut und ... Ich hab zwischendurch gedacht, da ist der Teufel hinter ihr her! Ich musste ihr einfach helfen. Du hättest es auch getan, Annika! Ich hab gemacht, was sie wollte. Ihr geschworen niemandem zu erzählen, dass sie wegwollte. Das hab ich auch gehalten, wie du weißt. Frag mich nicht, warum. Zuerst ihretwegen. Dann hab ich eine Zeit lang gedacht, na, mal gucken, wie weit Steffis Misstrauen geht ... Und irgendwann, das muss ich dir ehrlich sagen, hab ich einfach Angst gehabt, euch die Wahrheit zu sagen. Ihr hättet mir ja nicht geglaubt. Ihr wart ja völlig von der Rolle. Ihr wart ja schlimmer als ... als ...«

Rüdiger brauchte eine Weile, um sich wieder zu beruhigen und weiterzureden: »Vor dem Bahnhof haben wir uns getrennt. Vorher habe ich Ginie das ganze Geld gegeben, das ich dabeihatte. Ich hab sie gefragt, ob sie's nicht unverantwortlich fände, einfach wegzulaufen. Wegen ihres Vaters vor allem. Ich habe mir ja gedacht, dass er sich Sorgen machen würde. Ginie ist voll fuchtig geworden: ›Das geschieht ihm recht. Er soll ruhig das

Schlimmste annehmen. Mit meiner Familie brauchst du kein Mitleid haben!‹ Rumgekeift hat sie. Meine Güte, war das 'ne Furie!«

Ich horchte auf: Meine Familie. Die Leiche im Keller.

»Hat sie sonst noch was gesagt, über ihren Vater, meine Eltern?«, fragte ich hastig.

Rüdiger stutzte. »Nö. Weiß nicht. Vielleicht. Ich wollte sie irgendwann nur noch loswerden. Auf jeden Fall habe ich ihr das Versprechen abgenommen, dass sie deinen Onkel anruft. Das war sozusagen meine Bedingung. Sonst hätte ich ihr nicht geholfen. Wir haben Mitternacht ausgemacht. Wenn sie sich also an ihr Versprechen hält, ruft sie in zwanzig Minuten bei euch an.«

»Na, hoffentlich!«

»Ich zähle schon die Minuten bis dahin, das kannst du mir glauben! Und ich haue hier auch nicht eher ab, bevor sie sich nicht gemeldet hat. Ich habe keine Lust, den anderen zu begegnen. Steffi, dieser Schlange ... Okay, ich war ja auch ganz schön blöd. Aber mir war nicht klar, dass ich ein Problem kriegen würde. Ich dachte einfach nicht daran, dass mich irgendjemand verdächtigen könnte. Und ihr schon gar nicht!«

»Es tut mir Leid, dass es so gelaufen ist.«

»Pah!«

»Hat Ginie gesagt, wohin sie fahren wollte?«

»Ich schätze mal dahin, wo sie hergekommen ist. Erst mal bis Münster und dann umsteigen.«

Ich nickte. »Und du meinst, es hat ihr hier einfach nicht gefallen?«

»Annika, hast du mir nicht zugehört oder glaubst du mir nicht?« Rüdiger klang gereizt, er stand auf, trat mit dem Fuß gegen eine leere Farbspraydose. Staub wirbelte auf. Er legte sich wie ein Film auf meine Lungen. Ich hustete.

»Du hast Recht, das war nicht der einzige Grund. Irgendwas hat es mit meiner Familie zu tun. Meine Eltern wissen's, aber sie rücken nicht raus mit der Sprache.«

»Wie kommst du darauf?«

Das Sprechen fiel mir schwer. »Von uns ist schon mal jemand da verschwunden«, sagte ich heiser und mehr zu mir selbst. »Und ich glaub, ich weiß auch, wer.« Hastig sprang ich auf. »Rüdiger, ich muss nach Hause!«

»Sag bloß nicht, wo ich bin!« Er schnellte ebenfalls hoch, packte meinen Arm. »Mach, was du willst, interessiert mich alles nicht. Aber sag den anderen auf keinen Fall, dass ich hier bin. Und schick mir eine SMS auf mein Handy, wenn Ginie sich gemeldet hat.«

»Okay!« Ich rannte hinaus, in die frische, kühle, sternklare Nacht. Mein Rad stand noch da. Der Mondschein ließ das Chrom aufblitzen. An das Sommergewitter erinnerten nur noch die abgerissenen Zweige auf der Erde.

Samstag, 0.15 Uhr

Der Polizeiwagen war fort. Ich stellte mein Rad ab und zog den Haustürschlüssel aus der Hosentasche. Kaum hatte ich ihn ins Schloss gesteckt, da ging schon die Tür auf.

»Wo warst du?« Meine Mutter stand vor mir. Sie musste wieder Nasenbluten gehabt haben, denn auch das hellblaue Shirt, das sie jetzt trug, hatte rote Flecken.

Vielleicht war es besser, in dieser angespannten Atmosphäre erst mal so zu tun, als ob Jonas und Steffi bei meinem Gespräch mit Rüdiger dabei gewesen wären. Doch kaum hatte ich den ersten Satz gesprochen, unterbrach sie mich schon: »Lüg nicht! Du warst nicht mit Jonas weg! Er sitzt hinten auf der Terrasse, zündet Kerzen an wie auf'm Friedhof und hat keine Ahnung, wo du steckst!«

Ihre Stimme hatte die anderen angelockt. Da standen sie:

Jonas, mit traurigen Augen und Kerzenwachs an den Fingern; mein Vater, graugesichtig und zum ersten Mal seit Jahren wieder mit einer Zigarette in der Hand; und mein Onkel, dem die Erschöpfung ins Gesicht geschrieben stand und den seine ganze Hast und Hektik nicht weitergebracht hatten.

»Ihr habt doch auch Geheimnisse vor mir und erzählt mir nicht alles.«

»Wie bitte?«, rief meine Mutter.

Mein Vater zog mich ins Haus. »Wir müssen das nicht alles auf der Straße diskutieren! Ich will jetzt nichts mehr von diesem alten Kram hören! Das Einzige, was zählt, ist, dass wir Ginie gesund und munter wiederfinden und dass ich erfahre, wo du warst!«

»Hat Ginie sich noch nicht gemeldet? Ich hab mit Rüdiger gesprochen, er hat sie zum Bahnhof gebracht, sie hat ihm versprochen uns um Mitternacht anzurufen.«

»Du hast mit Rüdiger gesprochen?!«, rief mein Vater.

»Allein?«, fragte meine Mutter erschrocken.

Ich antwortete nicht, warf schnell einen Blick auf die Küchenuhr. Viertel nach 12. Warum rief Ginie nicht an?

Verdammt. Musste sie Rüdiger noch mehr in Schwierigkeiten bringen?

»Sie hat sich nicht gemeldet!«, sagte mein Onkel langsam und resigniert. Er wirkte, als hätte er Ginie schon aufgegeben. Nicht einmal mehr Rüdigers Aufenthaltsort schien ihn im Moment zu interessieren. »Wieso glaubst du, was dieser Typ dir erzählt?«

»Weil es plausibel ist und ich es eben glaube!«, rief ich und stampfte mit dem Fuß auf. Diese traurigen Gestalten machten mich noch wahnsinnig. Ginie lebte. Ginie war irgendwo und rannte kopflos durch die Nacht. Mein Blick traf den von Jonas, er hatte noch immer die gleichen großen Augen wie in dem Moment, in dem ich Florian geohrfeigt hatte. Mein Triumphgefühl war noch da und nach dem Gespräch mit Rüdiger sogar gewachsen. Es war richtig, was ich getan hatte. Aber jetzt musste sie endlich ein Lebenszeichen von sich geben!

Wieder sah ich zur Uhr. Die anderen taten es mir nach. Ich konnte mich doch nicht getäuscht haben! Diesmal nicht!

Das Telefon klingelte.

»Gott sei Dank!«, rief ich.

Meine Mutter stieß ein fiependes Geräusch aus wie ein kleines Tier, Jonas riss den Mund auf, mein Onkel grabschte nach dem Apparat, mein Vater schnellte vor, um mithören zu können. »Hallo?! Ginie?«

Wir hielten alle den Atem an. Meine Mutter rang die Hände, vielleicht wollte sie beten.

»Ginie?«, rief mein Onkel.

Dann die Ernüchterung: »Ah, ja. Augenblick. – Deine Freundin, Annika.« Ohne mich anzusehen reichte er mir den Hörer. Lange würde er nicht mehr durchhalten, das sah ich. Auch meine Mutter nicht. Sie legte wieder den Kopf in den Nacken, griff nach einem Taschentuch.

»Jetzt geh schon dran!«, brummte mein Vater.

»Ja?«, meldete ich mich. Zuerst hatte ich keinen blassen Schimmer, welche Freundin da am Telefon sein könnte, war richtig überrascht, Steffis Stimme zu hören.

»Ich wollte nur mal wissen, ob es etwas Neues gibt«, sagte sie.

»Ach, du bist's. Ja, gibt es. Rüdiger ist unschuldig. Aber Ginie ist noch nicht wieder da. Ich kann dir das jetzt nicht erklären. Ich will die Leitung nicht blockieren. Wir warten jeden Moment darauf, dass Ginie anruft.« Ich wimmelte Steffi ab, sagte ihr, sie solle ins Bett gehen.

Dann lag das Telefon wieder da. Stumm.

Nun musste ich berichten: »Rüdiger hat mir sehr überzeugend erzählt, was los war: Ginie wollte fort, er hat ihr geholfen. Aus irgendeinem Grunde fand sie es hier ganz schrecklich. Und ich glaube, das hat irgendwie mit der ertrunkenen Frau am See zu tun.«

Ich sah meine Familie an. Meine Eltern und mein Onkel tauschten Blicke, machten einen letzten Versuch, die Fassade aufrechtzuerhalten.

»Unsinn«, flüsterte mein Onkel matt und stützte kraftlos den Kopf in die Hände.

»Die Vergangenheit totzuschweigen bringt überhaupt nichts, Paul. Die Mädchen sind alt genug, um ...«

»Mein Mädchen ist verschwunden, am See verschwunden, Bernd, geht das nicht in deinen Schädel?«, brüllte mein Onkel, vergrub dann den Kopf in den Armen und weinte.

Meine Mutter ließ wieder ihr Mäusefiepen hören und flüchtete ins Bad. Jonas starrte meinen Onkel mit aufgerissenem Mund und Augen an, dann drückte er sich an mir vorbei und lief in den Garten. Nur mein Vater blieb, er ließ sich schwerfällig neben seinen Schwager auf einen Stuhl plumpsen und legte ihm den Arm um die Schulter.

»Gib uns mal die Zigaretten, Annika.«

»Mensch, Papa.« Ich wischte mir über die Wangen. Verflixt, jetzt fing ich auch noch an zu flennen! »Du wolltest doch nicht mehr rauchen, du ...«

Das Klingeln des Telefons unterbrach mich. Unwirsch nahm ich ab. Wer war das jetzt? Etwa Alexa? Ich meldete mich.

»Annika? Hilf mir! Bitte, ich weiß nicht, was ich machen soll.«

»Ginie, bist du's?«, schrie ich.

Im gleichen Moment wurde mir der Hörer aus der Hand gerissen. Erlöst sprang mein Onkel hoch, rief: »Ginie! Wo bist du? Geht's dir gut?« Seine Arme ruderten durch die Luft, als befände er sich auf einem unsichtbaren Trampolin. »Was? Waaaas?«

»Ist sie das? Lebt sie?« Meine Eltern drangen auf ihn ein, aber er gab keine Antwort, tobte durchs Zimmer, brüllte in den Hörer: »Bist du von allen guten Geistern verlassen? Was fällt dir ein! Weißt du eigentlich, wie viel Angst ich um dich gehabt habe, was hier los ist?!«

Ginie musste ihm wohl antworten, denn er schwieg einen Moment, nur um sich dann weiter aufzuregen: »So, ach so siehst du das! Jetzt hör mir mal zu, das mag vielleicht unglücklich gewesen sein, aber das ist noch lange kein Grund, einfach abzuhauen!«

»Paul, wie geht es ihr?«

Mein Onkel achtete nicht auf meine Eltern. »Bitte? Das kann man ja wohl nicht miteinander vergleichen! Du hast ja überhaupt keine Ahnung, du hast da irgendwas aufgeschnappt und dir ein ganz schiefes Bild zusammengebastelt! Was glaubst du, warum ich mit dir hierher ziehen will? Doch damit es dir gut geht und nicht ...« Seine Stimme wurde gefährlich leise. »Jetzt hör mir mal zu, Ginie. Du bleibst jetzt auf dieser Kirmes in Münster; ich komme, hol dich ab und dann ist ein für alle Mal Schluss mit diesem Unfug!«

»Und? Was ist?«, fragte mein Vater, als mein Onkel das Telefon weglegte, einen Moment vor sich hinstarrte.

»Paul!«

Mein Onkel räusperte sich verlegen. »Es geht ihr gut. Äh, sie ist tatsächlich abgehauen. Was soll ich sagen? Es hat ihr wohl hier nicht gefallen.«

»Wie? Die hat einfach keinen Bock mehr, verzieht sich und wir denken, dass Rüdiger ...« Jonas war blass geworden, er ergriff meinen Arm.

»Ja, das ist verdammt dumm gelaufen«, gab mein Onkel zähneknirschend zu. »Annika hatte Recht: Rüdiger hat Ginie Geld für die Fahrkarte geliehen.«

»Meine Güte.« Meine Mutter seufzte, griff nach der Hand meines Vaters, der gar nichts mehr sagte. »Aber das Allerwichtigste ist doch: Dem Mädchen ist nichts passiert.« Sie zögerte noch einen Moment, stand dann auf. »Ich muss Rüdigers Eltern anrufen. Das ist mir ja jetzt sehr peinlich, aber ...«

»Warum hat dieser Idiot denn auch nichts gesagt?«, rief mein Onkel. »Der ist doch selbst schuld!«

»Ich glaube, wer hier an was schuld ist, ist noch nicht ganz geklärt!« Ich wurde wütend. »Warum wollte Ginie weg? Erzähl uns keinen Stuss! Dass es ihr hier nicht gefallen hat, ist doch nicht alles!«

»Annika, was soll denn das?!«, fuhr mich mein Vater an und mein Onkel warf mir einen ärgerlichen Blick zu.

Ich ließ mich davon nicht einschüchtern. »Wer ist aus unserer Familie am See verschwunden?«

»Da habt ihr's.« Mein Vater klatschte kurz in die Hände. »Alles kehrt zurück im Leben.«

»Schluss! Ich will davon jetzt nichts hören!« Mein Onkel nahm seine Jacke. »Bernd, informierst du bitte die Polizei? Ich fahr Ginie holen.«

»Ich fahr mit!«

»Annika«, sagte mein Vater sanft. »Meinst du nicht, dass Ginie und Paul vielleicht erst mal allein reden wollen?«

»Nein! Sie hat gesagt, ich soll ihr helfen. Außerdem geht's mich auch was an. Jonas, schickst du Rüdiger 'ne SMS, dass er rauskommen kann?!« Ich stellte mich neben meinen Onkel.

Er protestierte nicht und auch mein Vater nickte nur vor sich hin, als wir zum Wagen gingen. Jonas stand in der hell erleuchteten Eingangstür und sah uns nach.

Wir erreichten das Kirmesgelände eine halbe Stunde später. Mein Onkel raste so halsbrecherisch schnell über die Landstraße, dass ich bei jedem einzelnen Alleebaum betete, wir würden heil an ihm vorbeikommen. Obwohl ich so viele Fragen an ihn hatte, wagte ich während der Fahrt nicht ihn anzusprechen. Ich war mir sicher, hätte ich nur einen Mucks von mir gegeben, wären wir im Graben gelandet.

Ginie hatte keinen Treffpunkt mit ihrem Vater ausgemacht, aber fast alle Stände und Fahrgeschäfte waren bereits geschlossen, so dass kaum noch Menschen unterwegs waren. Mit etwas Glück würden wir sie leicht finden. Ich brannte darauf loszurennen, aber bevor wir uns auf die Suche machten, brauchte mein Onkel erst mal einen Schnaps und einen Espresso.

»Muss das denn sein?!«, nörgelte ich, als er gleich an der ersten noch offenen Bude stehen blieb.

»Ja, Annika, es muss.« Seine Hand zitterte, als er den Becher zum Mund führte. Wahrscheinlich war es die Aufregung, erst diese Eile, dann, kurz vor dem Ziel, noch mal ein Hinauszögern. Und natürlich war es auch die Angst vor dem, was er Ginie nun gleich würde erzählen müssen.

Sie stand vor dem Riesenrad. Zwei Betrunkene hatten sich zu ihr gestellt und wollten sie überreden bei ihnen zu übernachten.

Als sie uns sah, war sie mehr als erleichtert, sie lief uns entgegen, fiel uns in die Arme, weinte.

»Gut, dass ihr endlich da seid!«, rief sie und wischte sich mit beiden Händen die Tränen aus dem Gesicht. Dann trat sie einen Schritt von ihrem Vater zurück. »Jetzt kann ich wirklich verstehen, dass man so eine Kirmes nicht ertragen kann, sie kann einem den Rest geben!«

Mein Onkel zuckte zusammen und blickte zur Seite. »Soll das eine Anspielung sein?«, fragte er.

»Kann sein«, sagte Ginie so schnippisch wie eh und je.

»Hör mal, Ginie, weißt du eigentlich, was wir uns für Sorgen gemacht haben? Wir haben Himmel und Hölle in Bewegung gesetzt, um dich wiederzufinden.«

»Gut, dann weißt du mal, wie das ist, wenn man jemanden verliert.«

»Das weiß ich auch so!«, brüllte mein Onkel so laut, dass einer der Betrunkenen herangeschlichen kam und sein Angebot an Ginie wiederholte: »Wie gesacht, kanns bei mir übernachten!«

»Danke, nicht nötig.« Mein Onkel ergriff den Arm seiner Tochter. »Komm.«

Ginie sträubte sich. »Sag mir erst, was damals passiert ist!«

»Später.«

»Jetzt!«

»Ich will es auch wissen! Wir haben ein Anrecht darauf! Das ganze Theater heute wäre nicht passiert, wenn ihr ehrlich zu uns gewesen wärt. In meinem Leben ist auch eine Menge kaputtgegangen! Was ist denn dieses verdammte dunkle Geheimnis? Jetzt sag's schon!«

Ginie löste die Hand ihres Vaters von ihrem Arm, schmiegte sich an mich.

Mein Onkel schüttelte unwirsch den Kopf. »Es gibt kein dunkles Geheimnis. Wer erzählt denn so 'nen Quatsch?!«

»Es gab ein Verfahren wegen unterlassener Hilfeleistung, angeblich hat sogar die Kripo ermittelt«, sagte Ginie und zitterte dabei so, dass ich mich sicherheitshalber bei ihr einhakte.

»Das war ein Missverständnis!«, donnerte mein Onkel.

»Haha, nett ausgedrückt! Echt super, Papa!« Ginies Stimme wurde schrill. Sie fuchtelte mit den Armen in der Luft, ein unkontrollierter Schlag traf ihren Vater vor den Brustkorb, ein anderer auf den Oberarm. Er wehrte ihre Fäuste ab, griff nach ihren Handgelenken, sie fing an zu treten.

»Spinnst du? Sag mal, was glaubst du eigentlich?«

»Dass du schuld bist an ihrem Tod, das glaube ich!«

»Tickst du noch richtig?!« Jetzt war Paul wieder wild wie eh und je. Die wenigen Leute, die noch auf dem Kirmesplatz waren, schauten herüber.

»Und ob! Rüdiger hat alles erzählt. Er kannte ihren Namen nicht, aber er wusste, wann und wie sie gestorben ist. Es war ein Leichtes für mich, eins und eins zusammenzuzählen. Oma hat ja auch immer so ihre Andeutungen gemacht! Ich hab schon lange geahnt, dass da was nicht stimmte, aber seit heute ist mir alles klar: Die auf mysteriöse Weise im Baggerloch ertrunkene Frau war meine Mutter! Du hast am Ufer gestanden und ihr nicht geholfen!«

Mein Onkel schnappte nach Luft. »Das ist nicht wahr!«

Ginies Geschrei hatte einen Haufen Betrunkener angelockt, die jetzt zielstrebig auf uns zukamen.

»Lasst uns lieber zum Auto gehen!«, schlug ich vor.

»Ja, bitte, Ginie ...« Mein Onkel ergriff wieder ihre Hand. Diesmal ließ sie sich mitziehen.

»Wisst ihr überhaupt, wie ich mich gefühlt habe, heute Nachmittag?«, sagte Ginie leise, als wir den Kirmesplatz verließen.

»Weißt du, wie ich mich gefühlt habe?«, konterte ihr

Vater. »Wen habe ich denn noch außer dir? Glaubst du, ich habe deine Mutter nicht geliebt, nicht vermisst? Glaubst du, ich hätte mich vorhin so aufgeregt, wenn ich keine Angst um dich gehabt hätte, wenn du mir egal wärst?«

Ginie schwieg.

»Erzähl uns, wie es war«, bat ich und griff nach Ginies Hand.

Mein Onkel seufzte. Er sah sich suchend um und zeigte auf eine Bank. Dorthin setzten wir uns. Ginie in der Mitte. In unserem Rücken eine mickrige Grünanlage, vor uns Asphalt, ein Parkplatz.

Es dauerte eine ganze Weile, bis mein Onkel zu reden begann. Zuvor blickte er einem Liebespärchen nach, das eng umschlungen an uns vorbeiging. Seufzte, rauchte, räusperte sich und zeigte auf eine Ratte, die am Rande des Parkplatzes entlanglief.

Dann, endlich, ich hatte schon fast nicht mehr damit gerechnet, begann er zu erzählen. Er sprach davon, dass Ginies Mutter auch mal einen solchen Rock gehabt hatte wie das Mädchen, das gerade mit seinem Freund vorbeigegangen war. Beschrieb, wie sie sich kennen gelernt hatten, wie Ginie geboren wurde. Zwischendurch machte er Pausen, fuhr Ginie durchs Haar. Sie zuckte nicht mit der Wimper. Aber ich wusste, dass sie zum Zerreißen gespannt war.

»Sie war krank: Depressionen. Sie hat sich für nichts mehr interessiert, für nichts mehr begeistern, überhaupt keine Freude mehr am Leben empfinden können. Es fing ganz schleichend an. Ich hab erst gedacht, unsere Beziehung hätte eine Krise. Manchmal war sie auch

159

fröhlich, wir konnten zusammen mit euch Kindern spielen und lachen, aber dann wieder wollte sie dich nicht einmal auf den Arm nehmen. Es fehlte ihr einfach die Kraft dazu.«

Ginies Finger verkrampften sich, ich streichelte ihren Handrücken.

»Du hast Bildchen für sie gemalt, Ginie, und sie hat sie nicht einmal angesehen. Ich habe alles Mögliche versucht, das kannst du mir glauben. Ich habe sie zu Ärzten gefahren und dich zur Oma gegeben, damit du es nicht so mitbekommst. Ich habe mich zerrissen, Ginie. Aber ich bin auch nur ein Mensch und ich war noch keine dreißig, ich dachte manchmal, mir stünde ein bisschen mehr vom Leben zu. Verstehst du, ich konnte sie auf keine Party mitnehmen, sie wollte nicht in Urlaub fahren, am liebsten immer zu Hause sein, sie ging nicht ins Kino, in kein Restaurant, keine Eisdiele und die Phasen, in denen sie es doch tat und normal war, wurden immer kürzer.

An dem einen Abend haben wir sie überredet mit zur Kirmes zu gehen. Alle gingen: deine Tante, dein Onkel ... Nur sie wollte nicht. Ich hatte keine Lust, schon wieder zu Hause zu hocken, traute mich aber auch nicht allein zu gehen. Sie war so schlecht drauf, dass ich sie lieber nicht aus den Augen lassen wollte.

Wir tranken ein paar Bier, tanzten, fuhren Karussell, Achterbahn. Nach der Achterbahnfahrt ging es ihr schlechter. Dein Vater, Annika, wollte, dass wir sie nach Hause bringen. Ich nicht. Er behauptete, sie vertrage den Alkohol nicht. Wir wohnten ja zusammen in einem Haus: Oma, Opa, Kind und Kegel, und Bernd wusste also über unser Leben bestens Bescheid. Das ärgerte mich sowieso. Ein Besserwisser war er für mich.

Deine Mutter wollte nach Hause, aber ich noch nicht. Am Baggersee veranstalteten einige Leute ein Fest, so richtig mit Feuerchen und Musik. Ich schleppte sie mit. So war ich auch endlich meine Schwester und ihren Schlauberger los.

Entschuldige, Annika, so sehe ich das natürlich heute nicht mehr. Wenn ich damals auf ihn gehört hätte ... Aber ich wollte mir nun mal nicht immer was sagen lassen! Bitter bereut hab ich's.«

Ich nickte stumm. Diesmal wollte ich meinen Senf nicht dazugeben, wahrscheinlich war es für meinen Onkel so schon schwer genug, über diese Dinge zu sprechen.

»Es war inzwischen spät und dunkel. Wir setzten uns zu den anderen Leuten in den Sand um das Feuer, es gab Sangria, die Musik war gut, einige tanzten. Es war schön, einfach romantisch. Die Leute waren sympathisch. Ich war schnell in ein Gespräch verwickelt. Dann wurde deine Mutter zum Tanz aufgefordert. Es war ein netter Typ. Er reichte ihr die Hand und sie nahm sie. Ich dachte: Okay, es ist einen Versuch wert, vielleicht gefällt's ihr ja.

Ich hab sie aus den Augen verloren, hab mich unterhalten. Ich konnte ja auch nicht immer nur auf sie achten! Dann, plötzlich, setzt sich dieser Typ wieder neben mich und sagt, mit der wäre ja gar nichts los.

Ich frage: ›Wo ist sie denn hin?‹

Er sagt: ›Die war müde. Wollte wohl nach Hause.‹

Ich sprang auf, um sie zu suchen. Aber wo, Ginie, wo bitte? Im Wald? Auf der Straße? Zu Hause?

Im See? Warum hätte ich ausgerechnet am Seeufer suchen sollen. Sie hat dem Mann, mit dem sie getanzt hat, gesagt, sie sei jetzt müde. Punkt. Mehr nicht. Sie hat ihm nicht gesagt, dass sie nach Hause wollte, das hat er sich nur so zusammengereimt. Er dachte: Menschen, die müde sind, gehen nach Hause und schlafen sich aus.

Er dachte nicht: Die sind vielleicht lebensmüde und gehen in den See und schwimmen so weit raus, bis sie nicht mehr zurückkönnen.«

Ginie schluchzte. Ich legte den Arm um sie.

»Natürlich habe ich viel falsch gemacht, aber ich war auch völlig überfordert. Vielleicht hätte sie auch noch länger durchgehalten, wenn ich sie nicht gezwungen hätte zur Kirmes und zu der Party zu gehen. Vielleicht hätte ich ihr ihre Ruhe lassen sollen.«

»Du konntest ja nicht auf alles achten, nicht alles wissen«, sagte ich.

»Ich habe mir selbst genug Vorwürfe gemacht, wollte nicht darüber sprechen, schon gar nicht mit deinen Eltern, Annika, ich habe befürchtet, sie würden mir vorhalten, dass ich nicht auf sie gehört hatte. Zu Unrecht, muss ich sagen. Deine Eltern waren immer für mich da, das rechne ich ihnen hoch an.

Die Anzeige wegen unterlassener Hilfeleistung wurde übrigens gleich wieder zurückgenommen. Ich wollte ihr ja helfen. Ich habe sie ja gesucht. Nur eben an der falschen Stelle. Bin genauso verrückt wie heute durch diesen Wald gerannt. Habe die Feuerwehr alarmiert, alles. Aber da war es zu spät.

Das Ganze hat so hohe Wellen geschlagen, weil viele Leute am See waren. Und nicht ich war es, der sie nicht gesucht hat, sondern die anderen. Ich habe sie gebeten mir zu helfen, aber die meisten waren zu betrunken und haben weitergefeiert. Die Anzeige richtete sich eigentlich gegen alle Anwesenden.«

Eine ganze Weile blieben wir noch stumm auf der Bank sitzen. Dann erhoben wir uns und fuhren, Ginie und ich auf dem Rücksitz aneinander gelehnt, zurück.

Als ich in mein Bett kam, war es fast drei. Schlafen konnte ich trotzdem nicht. Ginies Luftmatratze, die meine Eltern vormittags aufgepumpt hatten, war platt, und da wir zu müde waren, um sie noch einmal neu aufzupumpen, bot ich ihr kurzerhand an, mit in mein Bett zu kommen. Es war ja sowieso nicht mehr viel übrig von der Nacht.

Aber dann nahm sie mir dort nicht nur den meisten Platz weg, sie wälzte sich auch so lange unruhig hin und her, bis die Amsel auf dem Baum vorm Haus schon wieder mit ihrem Morgengesang begann.

Ich hatte das Gefühl, gerade erst eingeschlafen gewesen zu sein, als meine Mutter die Tür öffnete und mit nervtötender Fröhlichkeit rief: »Frühstück! Aufstehen, meine süßen Mädchen!« Sie kam zu uns, küsste uns auf die Wangen, machte sogar ein Foto. »Es ist gleich zehn, wollt ihr den ganzen Tag verschlafen?«

»Ja!«, knurrte ich und zog mir das Stück Bettdecke, das ich ergattern konnte, über die Ohren.

»Ich auch!«, sagte Ginie und zog ihrerseits an der Decke.

Meine Mutter lachte und ließ uns allein.

Dann lag ich da und konnte doch nicht gleich wieder

einschlafen. Der gestrige Tag lief noch einmal vor mir ab, aber jetzt erlebte ich ihn so, wie Ginie ihn empfunden haben musste. Ich konnte ihre Panik nachvollziehen, als sie verstanden hatte, wer die ertrunkene Frau gewesen war und welche Vermutungen es über die Beteiligung ihres Vaters an ihrem Tod gegeben hatte. Ich floh in Gedanken mit ihr in den Wald, stellte mir vor, wie ich in dieser Situation reagiert hätte. Ich überlegte, ob ich nicht vielleicht auch einfach nur fortgewollt hätte, ohne Ziel, ohne Plan, ohne Rücksicht auf die Freunde, die sich Sorgen machen würden.

Als hätte sie meine Gedanken gelesen, fragte Ginie mit schlaftrunkener Stimme: »Annika, meinst du, die anderen verzeihen mir, dass ich ihnen so einen Schrecken eingejagt habe?«

»Meine Mutter bestimmt. Sie ist einfach froh, dass du wieder da bist.« Ich gähnte. »Und mein Vater wird sich ihr anschließen.«

»Immerhin hat mein Vater jetzt zum ersten Mal mit mir darüber gesprochen. Ich hätte ihn nie dazu gekriegt, wenn ich nicht weggelaufen wäre.«

»Hmmm. Dann hatte das Ganze ja auch was Gutes.« Mir fielen die Augen wieder zu.

»Und deine Freunde, Annika? Es tut mir Leid, wenn ich deine Clique durcheinander gebracht habe.«

Meine Stimme war nur noch ein Murmeln. »Ach, so ein reinigendes Gewitter war längst fällig.«

»Meinst du, ihr vertragt euch wieder?«

Ich antwortete nicht. Vielleicht wusste ich es nicht, vielleicht war es mir auch schon egal.

Jetzt jedenfalls wollte ich endlich schlafen.

Ginie und ich lagen bis weit in den Nachmittag hinein in den Federn. Als wir schließlich aufstanden, hatten meine Eltern schon alles vorbereitet und organisiert: Gleich für diesen Abend hatten sie alle, die sich am vergangenen Tag an der Suche nach meiner Cousine beteiligt hatten, zu einem Grillfest eingeladen.

In erster Linie wollten sie sich natürlich bei Rüdiger entschuldigen. Es war ihnen wichtig, dass das Zusammenleben mit der Nachbarschaft schnellstmöglich wieder so harmonisch wurde wie zuvor.

Alle kamen. Auch Rüdiger erschien mit seiner ganzen Familie. Zur Begrüßung gab er uns förmlich die Hand, wie er es noch nie getan hatte. Und dann standen wir da, unter den bunten Gartenlampions, die mein Onkel noch schnell im Baumarkt besorgt hatte, hielten uns an unseren Gläsern fest und sagten kein Wort.

»Es ist ja so schön, dass ihr alle da seid«, versuchte meine Mutter ein Gespräch in Gang zu bringen. »Wir hoffen, dass wir die schreckliche Aufregung schnell vergessen können. Es tut uns sehr Leid, Rüdiger, dass du in die Schusslinie geraten bist, wirklich.« Sie wandte sich ihm mit einem bedauernden Blick zu.

Rüdiger zuckte die Achseln, als stünde er darüber und es wäre ihm völlig schnuppe.

»Wir möchten uns dafür aufrichtig entschuldigen und ...«

»Schon gut, Frau Senkel«, unterbrach er meine Mutter.

»Ja, dann lasst uns doch vielleicht darauf anstoßen,

dass Ginie wohlbehalten wieder in unserer Mitte ist!«
Sie hob ihr Glas.

»Und darauf, dass mein Sohn kein Mädchenmörder
ist«, sagte Rüdigers Vater sarkastisch. Er warf Ginie
einen geringschätzigen Blick zu. »Sondern nur von einer
verzogenen Göre ausgenutzt wurde.«

»Es war wirklich kein besonders feiner Zug von meiner Tochter«, würgte mein Onkel hervor und drehte
nervös sein Sektglas zwischen den Fingern. »Andererseits hat er ihr ja freiwillig geholfen und ...«

»Natürlich«, kam ihm Rüdigers Mutter zur Hilfe.
»Lasst es jetzt gut sein. Rüdiger hätte ja auch ein Wört-
chen sagen können.« Sie fuhr ihrem Sohn mit der Hand
den Rücken entlang, was er über sich ergehen ließ ohne
mit der Wimper zu zucken. »Vergessen wir diesen Alptraum doch einfach. Stoßen wir an. Prost! Auf das gute
Ende der Geschichte!«

»Prost!«

Ich sah den Leuten beim Trinken zu. Kaum jemand
sah sich in die Augen, niemand sprach. Allen schien die
Situation unangenehm zu sein. Ob ihnen der Sekt
schmeckte? Mir nicht. Er war mir zu süßlich, löste ein
Husten in meiner Kehle und ein Kribbeln in Nase und
Augen aus.

Steffi warf mir einen verstohlenen Blick zu. Sie stand
bei ihrer Familie, Alexa und Florian waren auch dabei,
eine traute Gemeinschaft.

Beim Ankommen hatte sie mich kurz zur Seite genommen und berichtet, dass sie sich nach einem heftigen
Streitgespräch mit ihrer Schwester und Florian wieder
versöhnt habe. »Es ist alles in Ordnung, Annika«, hatte

sie mir zugeraunt. »Seine ... äh ... das waren nur unglückliche, unabsichtliche Zufälle. Vergiss es also. Bitte! Und lass Florian in Ruhe. Ich habe dich nicht darum gebeten, dich einzumischen.«

Ihre Worte und die Art, auf die sie sich dann von mir weggedreht und bei Alexa eingehakt hatte, hatten mir einen Stich versetzt.

Rasch trank ich noch einen Schluck. Ich wollte das jetzt vergessen. Ich wollte locker werden. Das war hier doch eine Party. Sollten wir nicht alle fröhlich sein?

Keine Chance. Ich konnte trinken, so viel ich wollte, mein Husten wurde nur noch schlimmer. Außerdem konnte ich nicht einfach abschalten, ich dachte an Steffis Aufregung, als sie mir im Auto von Florians Belästigungen erzählt hatte.

Natürlich war es theoretisch möglich, dass Florian sie nicht absichtlich angetatscht hatte. Steffi war generell sehr empfindlich und besonders gestern extrem hysterisch gewesen. Sie konnte da schon etwas falsch gedeutet haben. In etwa so, wie sie Rüdigers einsame Spaziergänge falsch gedeutet hatte.

Andererseits war alles echt gewesen: ihr Ekel, ihre Angst, ihre Scham. Ich jedenfalls hatte ihr geglaubt.

Und hatte wiederum so vieles geglaubt ...

Ich sah Florian an. Seine Hand lag ganz ruhig auf Alexas Po. Die Wahrheit würde ich wohl nie herausfinden.

Florian begegnete meinem Blick. Ungehalten verzog er das Gesicht. Der ganzen versöhnlichen Feierei zum Trotz: Die Ohrfeige war keinesfalls vergessen.

Die Gäste verteilten sich, Jonas' Eltern sprachen mit

Steffis, meine mit Rüdigers, mein Onkel wusste nicht recht, mit wem er reden sollte, stellte sich erst zu Ginie, dann hinter den Grill.

Ich ging auf Rüdiger zu. »Ginie hatte tatsächlich ernste Gründe, sich so zu verhalten. Bei Gelegenheit erzähl ich dir das mal, wenn du willst. Oder vielleicht tut sie's auch selbst. Das wäre natürlich noch besser. Wie auch immer, sie hat dich nicht nur ausgenutzt, sie war wirklich verzweifelt.«

Rüdiger lächelte ein bisschen. »Das habe ich mir ja selbst schon gedacht. Du bist unverbesserlich nett, Annika.«

Ich zwinkerte. »Ist das ein Kompliment?«

»Wenn du willst.«

Steffi und Jonas trauten sich zu uns. Sagten noch mal, dass es ihnen Leid tue.

»Ist okay«, sagte Rüdiger. »Aber aus unserer Fahrt nach Amsterdam und dem Zelten in den Ferien wird nichts. Ich hab keinen Bock mehr auf das Kleeblatt. Versteht ihr sicher.«

Jonas nickte bedauernd.

»Schade!«, sagte Steffi.

Daraufhin zuckte Rüdiger so gleichgültig die Achseln, dass sie nicht mehr an sich halten konnte. »Mensch, ich versteh ja, dass du beleidigt bist, aber du brauchst uns deshalb ja nicht gleich die Freundschaft aufzukündigen!«

»Ich hab nicht mehr das Gefühl, dass das ein großer Verlust wäre. Annika war von euch doch die Einzige, die Charakter gezeigt hat.«

»Aber warum können wir nicht noch mal in Ruhe

drüber reden?«, fragte Steffi schrill und mit Tränen in den Augen.

»Das ist doch eh nicht möglich! Wenn du einmal eine Meinung hast, bleibst du dabei. Ich bin damals übrigens wirklich nicht absichtlich reingekommen. Die Tür vom Bad war nämlich nur angelehnt. Ich war natürlich davon ausgegangen, dass man ein Badezimmer in einem fremden Haus abschließt, wenn man ungestört sein will!«

»Und warum hast du dann immer absichtlich ›hopsa‹ gesagt?«

»Hey, hey, Kinder, nicht streiten! Kommt, nehmt noch ein Würstchen!« Mein Onkel hielt einige Bratwürste am Spieß hoch. Es sah einfach nur lächerlich aus und beide, Steffi und Rüdiger, lehnten sofort ab.

»Ich muss sowieso los«, sagte Rüdiger. »Meine Eltern essen bestimmt was für mich mit.«

»Rüdiger, bitte, bleib doch noch!«, sagte meine Mutter.

»Ja, bitte«, bat Ginie. »Es ist doch meine Willkommensfeier. Ich weiß, es war blöd, was ich gemacht habe, obwohl ich für die Reaktion deiner Freunde nichts kann. Ich wollte dich nicht in Schwierigkeiten bringen, ich hab gar nicht so weit gedacht!«

»Ein anderes Mal bleib ich vielleicht. Aber hier: mein Willkommensgeschenk.« Rüdiger löste sein Messer, das er von der Polizei zurückbekommen hatte, vom Gürtel und reichte es Ginie. »Das wolltest du doch so gern haben. In dieser Gegend kannst du es sicher brauchen.«

Er lächelte befriedigt, drehte sich um und verließ den Garten.

»Rüdiger! Bitte warte!« Ginie lief ihm nach.

Ich musste mich entscheiden. Meine Familie, Steffi, Jonas, Alexa, Florian – alle wollten wieder auf heile Welt machen. Eine heile Welt, die es so nicht gab.

Ich fasste einen Entschluss und folgte den beiden.

»Annika, wo wollt ihr denn hin?«, rief meine Mutter.

»Jetzt lass sie doch!«, sagte mein Vater. »Paul, kümmer dich um die Würstchen, sonst brennen sie an.«

Ich rannte die Einfahrt hinunter. Rüdiger saß abfahrbereit auf seinem Mofa am Straßenrand, hatte den Motor aber wieder ausgeschaltet. Ginie stand mit dem Rücken zu mir, hielt ihn fest.

»Es ist mir nichts anderes übrig geblieben, Rüdiger, ich war nach dieser Nachricht einfach völlig fertig, kannst du das nicht verstehen?«, fragte sie gerade.

Rüdiger gab keine Antwort. Er sah über ihre Schulter hinweg mich an. »Kommst du auch schon wieder angedackelt?«, fragte er, aber es klang lange nicht so unfreundlich, wie er es beabsichtigt hatte.

»Ich hab auch keine Lust mehr auf Würstchen«, sagte ich, ging zu ihnen und setzte mich auf den Bordstein. »Jetzt spielen sie wieder Friede, Freude, Eierkuchen.«

Wir schwiegen, warteten. Wahrscheinlich hätten wir's nicht geschafft, uns zu irgendeiner Lösung durchzuringen, wenn uns nicht auf einmal der Zufall zur Hilfe gekommen wäre.

Eine Gestalt kam die Straße herunter und auf uns zugeeilt. Sie hatte den Kopf gesenkt, fluchte und heulte vor sich hin und sah uns erst im letzten Moment, als sie schon fast gegen uns gelaufen war.

»Yasmin!«, sagte ich erstaunt. »Was machst du denn hier? Hey, was ist los?«

»Ach, Annika, hi!« Sie erschrak etwas, war aber wohl gleichzeitig froh, irgendjemanden zu treffen. »Jonas hat gerade mit mir Schluss gemacht. Er meinte, ich hätte mit meinem Kleid gestern andere Typen aufreißen wollen. Der ist doch krank vor Eifersucht! Dieser Mistkerl! Eigentlich ist es um den überhaupt nicht schade!«

»Jonas? Der ist doch bei uns im Garten und …«

»O Mann, Annika, es gibt noch andere Menschen außer eurem Kleeblatt! Jonas Koch meine ich. Der da vorne wohnt! Hast du den noch nie gesehen?«

»Ach so, doch, natürlich, den meinst du.«

»Das Kleeblatt gibt's nicht mehr«, sagte Rüdiger.

»Aber um das ist es auch nicht schade«, fügte ich hinzu, legte einen Arm um Ginie und sagte: »Yasmin, das ist übrigens meine Cousine Ginie. Sie zieht bald zu uns. Und dann schaffen wir uns einen großen Hund an und machen aus unserem Dachboden einen Dance-floor.«

Yasmin staunte Bauklötze. Ginie wurde rot. Rüdiger lachte: »Weiß deine Mutter das schon?«

»Klar. Sie wird sich dran gewöhnen müssen, dass sich hier was ändert.«

Epilog

Mein Vater fährt auf die Autobahn. Das war's also! Ich lehne meinen Kopf an die Scheibe, Augen geschlossen.

»Möchtest du Musik hören?«

»Egal.«

Ich will nicht mit ihm reden, tue so, als mache mich die Sonne auf meinem Gesicht schläfrig.

»Bist du traurig, Ginie?«

Ohne ihn anzusehen weiß ich, wie er mich mustert. Mitleidig, aber mit einem Auge auf dem Verkehr, forschend, aber nicht so intensiv, dass er ein zweites Mal fragen würde. Es interessiert ihn nicht, dass ich nicht weiß, wie ich es in dem Ort aushalten soll, in dem meine Mutter umgekommen ist.

Ich blinzele nach draußen. Industriegebiete mit großen viereckigen Märkten und großen viereckigen Parkplätzen wechseln sich mit viereckigen Feldern und viereckigen Waldstücken ab. Gleichgemachte, genormte Natur. Ich habe das Gefühl, wenn ich zu lange darauf blicke, werden auch meine Augen viereckig.

Gestern habe ich im Fernsehen einen Bericht über Videokunst gesehen. Ein Künstler hatte gefilmt, wie eine Frau von einem Mann in einem großen Aquarium ertränkt wird. Man sah den Kopf der Frau, das verzerrte Gesicht, den gegen die Scheibe gedrückten, aufgerissenen

Mund, die blonden Haare, die sich wie eine Unterwas-serpflanze im Becken ausbreiteten, ihre zappelnden, um sich schlagenden Arme und die kleinen bunten Zier-fische, die verwirrt zwischen den Haaren herumschos-sen. Von dem Mann sah man nur die Hand und den muskulösen Unterarm.

Der Clou des Videos war, dass diese Sequenz wieder-holt wurde. Endlos, hatte der Moderator gesagt und hinzugefügt, dass der Künstler dafür mit einem interna-tionalen Preis ausgezeichnet worden war.

Ich hätte gern noch mehr über diesen Künstler erfah-ren, aber mein Vater war hereingekommen und ich hatte schnell umgeschaltet. Mit klopfendem Herzen. Er jedoch hatte keine Verbindung hergestellt, hatte nur gesagt, er wolle den Fernseher nun auch verpacken, für den Um-zug.

Mein Vater weiß nicht, dass ich mit seiner Geschichte noch nicht fertig bin, aber ich glaube, er ahnt es. Er kann einfach nicht davon ausgehen, dass ich seine Erklärun-gen so schlucke wie die ertrinkende Frau das Wasser. Er kann nicht so dumm sein zu hoffen, dass ich sein erneutes Schweigen akzeptiere und mich von nun an mit Fragen und Sorgen an meine Tante wende. Selbst wenn ich wollte, so leicht kann ich es ihm nicht machen. Er hat es mir ja schließlich auch nicht leicht gemacht. Mir jahre-lang nicht die Wahrheit gesagt.

Dieses Video in Endlosschleife ... Wie kommt man auf so etwas?

Mein Vater fragt, ob ich ein Bonbon wolle.

Ich schüttele den Kopf.

»Nimm doch eins, Ginie!«

»Also gut.«

Mein Vater lächelt mich an. Ich lächle zurück. Überlege, ob mein Lächeln nicht verlogen ist.

Das Bonbon schmeckt nach Johannisbeere. Die wachsen zuhauf im senkelschen Garten. Annika hat gesagt, sie seien reif, wenn ich käme. Immerhin lebt dort, wohin wir fahren, meine Cousine. Zumindest eine Weile kann ich mit ihr zusammen sein, doch sie plant im nächsten Jahr als Austauschschülerin fortzugehen.

Ich lutsche auf meinem Bonbon herum. Mein Vater summt ein Lied und trommelt mit den Fingerspitzen den Takt aufs Lenkrad. Fehlt nur noch, dass er fragt, ob wir gleich, wenn wir angekommen sind, noch zum See radeln wollen, um zu baden.

Aber vielleicht werde ich es eines Tages sogar wieder tun? Ich weiß es nicht.

Ich drehe mich zur voll gepackten Rückbank um und suche in den Kisten nach meinem Tagebuch. Es ist mein erstes und noch ganz leer. Während der Fahrt begnüge ich mich damit, es auf dem Schoß liegen zu haben. Mit dem Schreiben will ich beginnen, wenn wir in unserem neuen Leben angekommen sind.